U0501035

致成长中的你 Ⅲ
——时间的馈赠

殷健灵 著

A Gift
From Time

YINJIANLING WORKS

长江出版传媒 长江文艺出版社

图书在版编目（ＣＩＰ）数据

致成长中的你. III，时间的馈赠 / 殷健灵著. -- 武
汉 ：长江文艺出版社， 2020.7
ISBN 978-7-5702-1585-0

Ⅰ．①致… Ⅱ．①殷… Ⅲ. ①短篇小说－小说集－中
国－当代 Ⅳ.①I217.2

中国版本图书馆 CIP 数据核字(2020)第 078983 号

责任编辑：李　艳　　　　　　　责任校对：毛　娟

封面装帧：壹诺　　　　　　　　责任印制：邱　莉　　胡丽平

出版：长江出版传媒｜长江文艺出版社

地址：武汉市雄楚大街 268 号　　　邮编：430070

发行：长江文艺出版社

http://www.cjlap.com

印刷：湖北恒泰印务有限公司

开本：880 毫米×1260 毫米　　　1/32　印张：7.625　插页：1 页

版次：2020 年 7 月第 1 版　　　　2020 年 7 月第 1 次印刷

字数：143 千字

定价：28.00 元

版权所有，盗版必究（举报电话：027—87679308　　87679310）

（图书出现印装问题，本社负责调换）

在冥冥的探寻中

真的会有一方

缀满答案的天空吗

青春之门不再是

遥远的目的地

朦胧的思绪中

少年末班车已当当驶过

风中

有一个瘦瘦小小的人儿

正在远去

——殷健灵《答案》

目录

◎致 T——

　　这是一封超长的"青春告白书"，也是一本以"纯真"为名的"记事簿"。

　　但其实，现实中并不存在这样一个本子。

　　就像你找不到一个袋子，可以收藏人们的记忆一样。虽然你只是成长中的人，也一定能感觉到从你指缝间无声流逝的时间吧，或许也产生过"不想长大"的念头。但终究，时间是挽留不住的，青春会在瞬间流逝。

　　好在，我们还有记忆，这是唯一能够挽留时间和青春的方法。更为奇妙的是，随着光阴的继续流逝，你会发现原先的记忆将被涂抹上各种各样的颜色，变成你预想不到的样子。假如没有亲身经历过，你是无法体会这种奇妙的。令人苦恼的是，没有人可以提前看到未来的自己，

对未来的自己的想法更是摸不着头脑。

但我，却傻乎乎地想让这种奇妙提前在你身上发生。于是，便拥有了这样一本"记事簿"。它不是纸张订成的有封皮的普通本子，而是写在心叶上的，无形无迹，却散发着青涩的植物的芬芳。

很多年前，我便开始在上面陆陆续续地写点什么。在这个本子上记录下的故事，都和"纯真"有关，当然，也和逝去的时间有关。它们随着时间沉睡和流淌，忽然地，在某一个午后沉默地醒来。如同在光柱里漂浮和翻滚的微尘——这是我童年印象深刻的景象，神秘地诉说着关于过去、现在和未来的猜测。你会从中看到自己吗？

现在，就请你掀开第一页——

致 T——

青春本是一帧风景。

你看着别人的风景，自己也就成了风景中的人。

风景之所以美，是因为距离。美和实际的人生总有一些距离。艺术与文学之所以让人产生审美的体验，也多半因为她们是一对从现实中超出的孪生姐妹，得以让人们暂时脱离繁杂尘世，在其中诗意栖居。

在喜欢幻想的年纪，不妨把自己和别人都变成独特的风景吧。在那里，至少可以给想象留白。这样的玄妙和猜测，大概是一种只属于年少时的专利。

T，如果可能，让这段时期延续得长些，再长些。

致成长中的你Ⅲ
时间的馈赠

之一
过街地道

　　这是一条过街地道，新修的，像一座桥，连接着延安路的两岸。

　　以前，延安路曾经是这个城市最宽阔的马路，后来，路拓宽了，两边的房子一夜间变成残垣断壁，在尘土飞扬中，一座气势宏伟的高架桥腾空出世般地遮住了延安路上的天空。夜色降临的时候，高架桥的底部便亮起了好看的灯光，蓝幽幽的，神秘而华贵，绵延至无穷的远处。

　　再后来，这座过街地道开通了。很少见到这样精致豪华的地道，绛红色的大理石地面，光可鉴人，配衬着欧洲庭院式的壁灯。这里不是闹市区，白天，地道里总是行人寥寥。过街地道的对面有一所重点中学。

　　天气忽然地暴冷了。

　　棉棉和妮挽着手从学校里出来，很自然地下了粉红色地砖铺成的阶梯，拐进了过街地道。这几天，班上的同学都在议论，说是乱穿马路会被警察罚款，最丢人的是，可能会被晾在路边，让你挥着小红旗维持秩序，就像活人展览。班长黎佳还说，有一回，她在红灯时过马路，路中央站着个警察，开始，他对你的行为熟视无睹，待你走到他跟前，他冲你指指身后，让你退回去重走一遍。黎佳当时脸就涨得通红，在众目睽睽之下重走了一趟。黎佳说，我宁愿罚钱，也不愿这么丢人。

棉棉和妮倒是一直规规矩矩地走路，不是因为别的，只是胆小。尤其是妮，每次过马路，即使紧紧拽住棉棉的手，还被汽车喇叭吓得大呼小叫的。

一个月前，校门口修了这座地道。妮过马路的时候就放心了。有时，她和棉棉甚至故意在里面磨蹭一会儿，或者干脆站在地道的角落里说一些悄悄话。说不清她们两个为什么这么喜欢走地道，那里固然安静，也很舒适，仿佛远离城市的喧嚣，但那毕竟是不见天日的地方。没有淡泊古朴的自然意蕴，只有照得见人影的砖墙。

放学后，她们又像往常一样，进到了地道里。妮的手里捏了花花绿绿的贺卡，都是同学或笔友寄的，她们喜欢寄信，哪怕天天见面，也要让那些漂亮的贺卡，通过长长的邮路，经过邮差的手，送到她们的信箱里。她们觉得，其中未知的周折充满了浪漫情调和神秘气息。

新年临近了，棉棉和妮都收到了许多贺卡，不过，妮收到的比棉棉还多一张。她们一边在地道中慢慢地走，一边仔细地翻看手里的贺卡，琢磨上面写的贺词。

刚走几步，棉棉就拿妮取笑。妮的手上是一张俏皮的立体卡通贺卡，有趣的是卡通人的脖子上都装着根很细小的弹簧，一碰就可笑地晃个不停。里面写着几行字：

> 你的笑是最美的依靠
> 就算这是一个迷人的圈套
> 再也管不住自己要往里跳

字是电脑打印的，下面也没有署名。

妮知道那是从范晓萱的歌里照搬过来的，脸还是腾地红了。她看完抬起头，看见棉棉正意味深长地盯着她。妮的红晕又烧到了脖颈。

棉棉说，老实交代，他是谁？

妮说，我不知道，真的不知道。

瞎说，别装傻了。快告诉我，说呀，说呀！

真不知道，真的！妮急了，就跳起来敲打棉棉的肩膀。棉棉穿得厚厚的，打上去一点都不疼。可棉棉还是往前逃了。一个追，一个逃。地道里充满了清亮的笑声。

刚跑几步，棉棉就打了个趔趄。差点绊倒她的是一个白白圆圆的东西。

——那是一只八成新的篮球。

那只篮球躺在角落里，看上去完好无损。棉棉赌气地轻轻踢了它一脚，球朝前滚了滚，被墙壁弹了回来，又在原地寂寞地打转。

走吧，棉棉说。

……妮停在那儿，没有吱声，像在想心事。

走吧。棉棉催道。

你说这球，怎么会在这儿呢？不像被人丢掉的呀。妮像是在喃喃自语。

你发什么傻？棉棉不耐烦了。

等等吧，也许有人会回来拿呢。妮说，这么好的球，要是给别人捡去，多可惜……棉棉看了一眼妮，像是在看一个陌生人。她知道妮的心思比棉絮还绵软还细密，但还总不至于对一只不知道主人的篮球……

这样吧。妮说。

她从书包里抽出一张精致的信笺，用紫色的荧光笔在上面写了一行字——

在此地捡到篮球一只，请主人到模范中学初二（2）班林妮处认领。

妮写完，细心地用双面胶将信笺端端正正地粘到了绛红色的墙砖上，轻轻地用手按平。然后，抱起篮球，和棉棉一起走出了地道。

那张信笺有着淡紫色的花纹，看上去，和墙砖的颜色很协调。

棉棉说，妮，你真傻。

延安路北边的一溜房子都是1949年后建造的，和边上有着玻璃幕墙的大楼比起来，便显得有些寒酸。它们是延安路拓宽工程的"幸存者"，如今都被重新粉刷了外墙，褐色的檐，米黄色的墙，乍看，像欧洲中世纪的建筑。

宣的家在三楼，木楼梯拐角上小小的一间。窗口也是小小的。平日里宣的日子很单调，就像延安路上的车流，天天是相同的喧闹的景致。每天，爸去上班，宣就久久地趴在窗沿上，望着楼下出神。他看着延安路的高架桥打下第一根桩，又看着过街地道以惊人的速度开工和竣工，还有窗户底下走着的各式各样的人，他最爱看那些上学放学的大大小小的孩子。

宣没有手，从出生起就没有手，左肩那儿的袖管空空荡荡的，右手到手腕那儿，就什么也没有了，好像一截肉做的棒槌。宣不记得母亲的样子，爸不提，宣也不提。宣念完初中，没能考上高中，像他这样的人，职业学校又不收。于是，宣只好在家里磨着。爸早就下岗了，现在给人看门房，二十四小时，每月不过几百元的收入。

其实，宣的"手"像好人一样有用。他能用"右手"夹着毛笔写字，能洗衣服，还能系鞋带。但这似乎并没有用，宣还是常常望着楼下的车流发愁。说不清为什么。

宣的窗口正对着过街地道，他发现，很少有人从地道里过马路，许多人都偷懒，趁没有警察，老鼠过街似的跑到对面去，哪怕是那些臃肿的老阿姨，跑步的姿势像鹅，摇摇摆摆，面对川流不息的车辆，也毫不惧怕。

　　到了放学时间，宣的窗下总会喧闹起来，这是宣一天中最生动的时段。宣趴在窗口看，像看电影。走过的学生有的行色匆匆，有的则且说且走，有的手捧着漫画书痴迷地看，直看得脑袋差点磕到电线杆……那一阵，正流行《灌篮高手》，连女生都迷上了打篮球。宣也看《灌篮高手》，一集不落，但那是背着爸的。以前上学的时候，宣只踢过足球，像篮球那种需要手的运动，宣都是回避的。

　　那天，宣经过地道，见一群十三四岁男孩在里面踢球。地道很宽敞，加上行人少，当足球场还凑合。那群男孩喊喊杀杀，冲锋陷阵的样子。可笑的是，被他们用来充当足球的，却是一只八成新的篮球。

　　宣把手臂插在口袋里，歪着脑袋安静地看了一会。穿过地道的风将他空空的袖管吹得旗帜一般猎猎抖动。

　　一定是他脸上似笑非笑不屑的表情惹恼了那些"足球队员"。初中的时候，宣是出色的中锋，是足球场上的骏马。只有和足球为伍，宣才真正觉得自己和别人没什么两样。好久没踢球了。他看着篮球在这些男孩的脚尖幼稚地挪来挪去，他们的球技在他眼里就像小孩子的把戏。

　　后来，男孩中的一个高个子站了出来。他冲宣挥了挥拳头：笑什么？有什么好笑的！

　　宣收了笑，说，我也想踢。

　　"高个子"朝他空荡荡的袖管瞅了一眼：你，行吗？

　　打个赌吧，假如我一脚射进门，篮球就归我。宣的嘴角挂着一丝狡黠的笑。他太想要那只篮球了。他想起模范中学里宽阔的篮球场，他可以在学生放学后去那里偷偷地练。他想象把篮球夹在怀里的感觉，光滑的，冰凉的，他相信他右手手腕那儿的触觉并不会比别人的手指差。

赌吧，赌吧！旁边的男孩起哄道。

"高个子"晃了下长的头发，一只手提溜起脚下的篮球，篮球在他右手的食指尖上优美地转了几个圈。这个动作像是在向宣示威，又仿佛带有轻微的侮辱。球滚到了宣的脚边。

一个瘦小的男孩在地道的入口处叉开双腿，在他的两腿间形成一个"球门"。

宣深深地吸了口气，退后几步。

然后飞起一脚。

球在空中划过一道白色的低低的弧线，直射"球门"。就在球穿裆而过的一刹那，瘦小的男孩"哎哟"一声跌坐在地上。

宣冲"高个子"仰起头。

"高个子"耸了耸肩，做出无可奈何的样子。他指了指还在角落里打转的篮球，对宣说，归你了。

宣弯下身去，蹲在地上。就在他吃力地用没有手掌的"右手"把球挪到膝盖上，试着站起来的时候，一只脚猝不及防地将球从宣的身上踢了出去……

噢——宣的身后掀起一阵哄笑。

球被墙壁弹了回来，撞在宣的身上。但宣没有再去捡它。从小，宣就从潜意识里回避任何暴露缺陷的行为，说是自卑也好，敏感也好。宣

明白，自己和别的孩子是有那么多的不一样。

男孩们没有再去搭理宣，他们玩了一场闹剧，现在兴味索然。他们一哄而散。撂下的那只篮球，寂寞地躺在地道的角落。它本来就是捡来的，丢了也无妨。

宣默默地站了一会儿，也没有去捡那只被丢弃的篮球，尽管他仍然很想要。

有一两个行人从地道里走过，他们看了一眼宣，也看见了那只篮球。他们没有注意到宣空荡荡的袖管以及那只肉棒槌一样的"右手"。

宣又站了一会儿，终于没有鼓起勇气去捡那只篮球，捡拾它的艰难会让他回想起刚才的耻辱，况且，若是爸知道了篮球的由来，也会……

宣离开地道，走上了地面，灼亮的阳光几乎晃了他的眼。他回到了小屋，心里还牵挂着那只没有主人的篮球。

傍晚的时候，电视里又在放《灌篮高手》，流川枫真的好神气啊！

第二天上学，妮和棉棉挽着手经过地道。

那张招领启事还在，只是被谁撕去了一个小小的角。荧光笔的颜色依然很鲜艳。

傻妮，棉棉说，没人会来领的，趁早把启事撕了吧。

妮不说话。妮总没理由地觉着那只篮球应该是有主人的。棉棉还缠着妮交代那张贺卡的事。妮很冤枉，她真的不知道那个抄袭范晓萱歌词的人是谁。

这两天，班里围绕着贺卡爆出了好多新闻。据说，教物理的边老师的信箱差点被贺卡撑破。边老师刚刚大学毕业，帅得像日本影视明星竹野内丰。开学第一天，边老师来上课，三分之二的女生喜欢得一惊一乍的。她们像追星一样地搜集有关边老师的资料，远至祖籍，近至现任女友。自从他任这个班的物理教师以来，同学们学习物理的兴趣空前高涨，尤其是女生，原先枯燥无味的力学公式牛顿定理忽然间变得乐趣无穷起来。

但是最近，大家普遍感到很失落。传出内部消息，说边老师来这所中学只是过渡的，他已经向学校递交了辞职报告，应聘到一家外企了。这可能也是边老师的信箱里贺卡泛滥的原因之一。

你给边老师送贺卡了吗？棉棉推推妮。还没等妮回答，棉棉就有些懊悔，便把话题扯到了别的地方。

边老师的信箱里自然有一份棉棉的祝福。不过，女孩子么，哪怕再亲密无间，都会有意无意小心翼翼地维持一层什么东西。尽管不挑破，但彼此之间心知肚明。

两个女孩牵着手，沿着地道的楼梯走上地面，妮还是回头望了一眼那张淡雅的启事，四周车水马龙的喧嚣一下子浮了上来。

她们一点都没有注意到路边的窗口里，有一双深深的有点忧郁的眼睛。

从昨天晚上开始，宣就牵挂着那只篮球。不知道它会被谁捡去，或者永远地待在地道里，被风吹，被灰尘舔蚀，然后一点一点老化、裂缝。

宣闭着眼睛，想象自己在夕阳下的篮球场上，潇洒地运球、上篮、投篮……他只有肉棒槌一样的"右手"，他不知道自己"一边倒"的身体能不能在运动的时候保持平衡。尽管如此，篮球对他来说，仍旧充满诱惑。

宣按捺不住了。

第二天一大早，宣就冲下楼去。不再顾及昨天的耻辱，也不再顾念爸的责备，他要拥有那只篮球，马上！

过街地道里氤氲着淡淡的雾气，凉丝丝的，城市刚刚醒过来，从夜的沉寂和萧条里面缓缓地醒过来。

宣没有找到那只篮球，只看到了那张淡紫色的信笺，上面的字娟秀小巧，是女孩子的字迹。不知怎地，宣的心里就有些暖，他在淡紫色的信笺前面磨蹭了一会儿，仍是拿不定主意，不知道该不该去找那个叫林妮的女孩子。

宣转过身，往回跑，一边还回头看，那张淡淡的信笺在绛红色墙砖的映衬下，仿佛一朵朝露中的清雅百合。

宣离开不到一个小时，妮和棉棉就走进了地道。

宣终于没有去要那只篮球。长这么大，他还没有主动和女孩说过话。他无法想象自己能有勇气在一个陌生的女孩面前，用没有手掌的独臂去接过它。然后，再说上一句感谢的话。倘若女孩再追问怎么把球丢失的，他怎么回答呢……

妮又等了一天，始终没有失主来找她。于是，她也怀疑，这也许真的是一只没有主人的篮球。于是，棉棉又有了笑话妮的话柄。

放学了，妮和棉棉夹在人流中，出了学校，像往常一样，穿过过街地道走到延安路的对面去。妮的手里抱着那只篮球，她打算把它带回家，给邻居的小孩玩，毕竟这是一只真正的篮球啊！

两个女孩离开了地道，走到了宣的房子下面。妮手里的篮球很显眼，走过来的人都要朝她不经意地望一眼。

这时候，宣正趴在窗台上出神。

于是，那只白色的篮球就突兀地出现在宣的视线里。于是，宣就看见了抱着球的清秀的妮。

妮和棉棉小声地说着话，在宣的窗下缓步而行。宣在窗口看着，脸竟腾地红了。他能清楚地看见妮的细软的头发被昏黄的阳光照着，泛出黑珍珠般的光泽，妮的眼睛似乎被光线炫了眼，迷迷蒙蒙地微眯着。

宣猜，那个女孩就是林妮吧。他不知道边上的女孩是谁。妮和棉棉慢慢地走远，渐渐消失在路口。

宣看着那幅清纯的风景一点一点淡去，心里悄然生出了一分不舍，一分安慰。

没有去讨还那只篮球，宣一点都不后悔，真的，一点都不。

写于 20 世纪 90 年代中期

致 T——

　　青春期中的你，敏感而好奇。

　　仿佛伸出无数透明的触角探寻着埋藏着秘密的世界；又仿佛，时刻张开全身的毛孔，吸收和感知着来自四面周遭每一丝细微的律动。

　　虽然早已离开母亲的怀抱，却没有断绝对爱的渴望。爱的抚触，会安抚你的焦躁，会排遣你的孤独，会支撑你的脆弱。

　　之于爱的渴求，所有的人，一生都是婴儿。

之二

拥抱

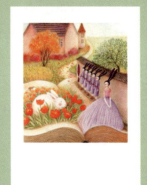

那是一种类似沐浴的感觉，全身的血液都被激荡起来，温暖来自身体外部，也来自心的深处。慢慢地，夜的歌声划过树叶的末梢，潮水一般地涌进窗棂，那是一只柔滑的、携带着母亲气息的手，陈丹晨伸出手去将它紧紧握住……

0

陈丹晨在看电视，她只有在这个时候才能看几眼电视。她的手上握着遥控器，警惕着门的响动，一旦门外响起脚步声就"啪嗒"一下把电视关掉，然后如脱兔一样跳离沙发回到书桌边去。她已经精于此道，并且屡试不爽。

电视里正播一部老得不能再老的日本连续剧《血疑》。陈丹晨爱看山口百惠的片子，尤其是这部《血疑》，她流连于充盈其中的缱绻的情绪，那是一张细密而黏稠的情感的网，仿佛远离生活，和心灵却是那么迫近。

幸子将脸深深地埋在爸爸的胸口……爸爸的手轻轻地却有力地摩挲着女儿的后背，爸爸的眼里闪烁着泪光……姑姑，姑姑泪流满面地将幸子紧紧地搂在怀里，一遍遍深情而绝望地叫着幸子的名字……姑姑的声音像在风中颤抖的光滑柔腻的绸缎……东京萧瑟的冬天，被这浓郁和炽热的情感融化了……

陈丹晨蜷缩在沙发的一角，眼睛里蒙了一层薄雾，心底隐约泛起异样的渴望。她怔怔地望着屏幕，仿佛自己的身体和幸子融合在了一起，她就是幸子，她的心灵和肌肤感受着亲人的怜惜和拥抱……呵，拥抱，陈丹晨努力地在记忆里寻找那似乎熟悉却早已陌生的感觉，它们如同深秋的落叶从记忆之树上飘零了，悄悄地化作了泥土……

还是在她 2 岁的时候吧，爸和妈带她去和平公园玩，他们和她玩捉迷藏的游戏，她眼看就要够着妈妈的衣襟了，妈像个孩子似的笑起来，一把将她搂在怀里，妈按着胸口喘气，对她说：你好可爱啊！ 2 岁的陈丹晨的脸紧紧挨着妈的身体，听着妈急促的心跳。那个身体是多么的温暖和柔软啊，她像被子一样裹着她，让她觉得安心和快乐……

这是陈丹晨 2 岁时的记忆，现在，她是 14 岁的少女了，那些记忆随同时间一起飘逝。她越来越觉得自己成了一个独立的人，有时候这样的独立是一种情感上的孤独，爸和妈在生活上最大限度地满足她，在学业上对她寄予厚望，可是陈丹晨却看见一道鸿沟横亘在自己和父母之间，她看不清那是什么，她也不知道自己需要什么。那种隔膜和疏离的感觉却无孔不入，它们如同空气游离着。

爸的脚步像灰鸟一样沉重地落下，门真的响了。陈丹晨惊厥一般跳起，回到摊开的书本前面，来不及擦去眼角的一小滴泪。她回头望着爸将脱下的外衣挂在衣帽架上，爸的表情有些模糊和僵硬，陈丹晨隐隐感觉爸带进了一股凉丝丝的气息，有早晨的寒气的味道，它和刚才黏稠温馨的氛围混合在一起，房间里的气氛怪怪的。

"陈丹晨，你妈今天不回来吃晚饭，我们两个将就着吃点。"爸说，他们习惯于叫陈丹晨的大名，就像外人一样不带一点感情色彩地叫，陈丹晨没有小名和昵称。陈丹晨不太喜欢爸，爸对她可能也一样，她想。

陈丹晨 10 岁那年，爸才从外地调回来，陈丹晨 10 岁以前对爸的记忆淡如烟岚。直到爸调回来的第一天，他们一家三口坐在一起吃晚饭的时候，陈丹晨隔着桌子望着对面的爸，觉得爸和自己隔得很远，中间的桌子像山一样阻断了他们本该亲密无罅的父女之情，那时，陈丹晨的心里就升起了那种凉丝丝的感觉。

吃晚饭的时候，陈丹晨和爸都无话。这种气氛让人尴尬和不适，因为安静，咀嚼的声音就显得特别难以忍受。陈丹晨咽下最后一口饭，对爸说："我吃完了。"爸在喝汤，没有看她，只是轻描淡写地哦了一声。陈丹晨却忽然感觉被什么冷冰冰的东西击中了，爸也许真的不爱她，她想。

妈回来的时候，陈丹晨正在灯下读外语。妈在睡觉前给陈丹晨端来一杯牛奶，牛奶冒着热气，散发出好闻的奶腥味。

"你爸说你胃口不好，你想吃点什么？"妈问。

陈丹晨不作声，今天的情绪似乎特别低落，是《血疑》给闹的？妈在她身后站了一会，不知道在想什么，然后就掩上门出去了。陈丹晨知道自己在等待什么，她多么希望妈能把手抚在她的肩上，或者将她的脑袋抱在怀里，像亲吻小孩子那样亲吻她，她早已忘了妈的亲吻是什么滋味了。

就在妈关上门的一刹那，陈丹晨的眼泪汹涌而出……

1

陈丹晨刷完牙从卫生间出来，嘴角还挂着一抹高露洁牙膏的白沫。

妈在替她铺床，淡淡的金色的晨光穿窗而过，拥抱她的被褥和妈的身子。妈拍打着被子，习惯性地将手伸到松软的枕头下面，却蓦地停住。陈丹晨脸色大变，疾步走上去想阻止妈妈的动作。可是已经来不及了，她呆呆地看着妈从枕头底下掏出了一张白色的卡纸，举在早晨的阳光里好奇地端详。

那是一帧人物肖像，陈丹晨的炭笔画。

"这是谁？好像是萧老师……"妈说。

"还给我！"陈丹晨有些愤怒地把肖像从妈妈手里夺回来，她感到一种前所未有的犹如赤裸着身子示众的耻辱，她相信敏感的妈妈此刻一定会明白一切。陈丹晨的肖像画惟妙惟肖，妈妈又是见过萧老师的，她只是费解女儿怎么会精心地画了这个女老师的肖像，并且严严实实地藏在了枕头底下!

陈丹晨的脸涨得通红,嗫嚅着将那张卡纸藏在身后。

妈狐疑地望着她,女儿近来的举动越来越捉摸不透,她也意识到了女儿似乎隐隐地抗拒着他们,一种陌生感幽灵似的游荡在他们和女儿中间。只是陈丹晨拒绝交谈,这种拒绝无须语言,她可以用肢体和目光来传达她对父母的不满。比如,在饭桌上,陈丹晨每每一语不发,至多问一句答一句,要是心里不赞同父母的话,便从鼻子里轻轻地哼一声,一副不屑的样子。

这时候,陈丹晨已经把萧老师的画像扔进了废纸篓,她以此向妈妈证明:那只是一张没有价值和意义的画而已。

但事实绝不是这样!陈丹晨心里清清楚楚。

陈丹晨骑上自行车,车轮在刚下过雨的柏油路上碾出一条好看的弧线。早晨的空气里散发着夜晚残留的露水的气味,像薄荷糖那样沁人心脾。有几个不认识的男生超过了她,又故意回过头来朝她吹口哨。

陈丹晨没有搭理他们,她还想着那张萧老师的画像。她有些后悔。有时,连她自己都无法解释自己的举动。不知从什么时候开始,她好像成了别别扭扭的两个人,老是和自己过不去。那张画像,是她花了两个晚上打了几十张草稿才画出来的。她要捕捉住萧老师的神韵,那种柔和的目光、天然的母性的光环,萧老师,有一种不同寻常的磁力,她能让你感到安全和包容的爱。而这些,是饥渴的陈丹晨的甘霖。她偷偷地把萧老师的画像放在床头,就像许多男孩和女孩迷恋偶像歌星,张挂他们的海报一样。不同的是，陈丹晨游移而害羞地做着这些。我是不是有些异常啊？她想。

陈丹晨不知道别的女生有没有像她这样喜欢一个女老师，这样的喜欢带着恋慕，有些朦胧，而且充满诗意。

2

陈丹晨知道萧老师喜欢自己。

萧老师是他们初一（1）班的语文老师，40岁开外的年纪，微鬈的短发，她的嘴唇是月牙形的，看住你的时候，她常常是微笑的。她用充满激情的声音讲课，她的声音像阳光下清澈的湖水泛着粼光。

陈丹晨第一眼见到萧老师，就喜欢上她了。那天下午本是阴暗的，窗外落下细细的雨点。陈丹晨正和另外两个同学留在教室里出黑板报，这是开学第一天，他们还没见过所有的任课老师。

这时候，门被推开了，一道耀眼的光线从室外豁然而入，一个中年女教师走了进来。她穿着一件浅蓝色的质地柔软的衬衣，脸上带着无声的微笑，那微笑蕴含着一种魅力，它使见到她的孩子都能体验到一种难以言传的温情，并且身不由己地去接纳她。

她用欣赏的目光望着他们写的黑板报，然后，用带着音乐节奏的声音说："我是你们的语文老师，我姓萧。"

陈丹晨惊喜地看着这位气质优雅的女老师，心里有一些熟稔的东西悄然泛起。萧老师走过来，慈爱地摸了摸男生久儿圆圆的脑袋，她的线条柔和的手落在久儿毛茸茸的头发上，像母亲的手一样轻轻一按。陈丹晨的心头顿时掠过异样的悸动，这是她久违的感觉，她甚至想象不出经这样一只温润的手抚摩会产生怎样舒畅和感动的体验！自从她长成一个大女孩，妈妈就不再有这样亲昵的举动了，这是真的。

对萧老师莫名的喜欢也许就是从那时开始的吧。

萧老师呢，她上课的时候总是喜欢提问陈丹晨，总是用目光鼓励她；她每每用惊叹的语气鼓励陈丹晨的每一次进步，她在课堂上高声朗读陈丹晨的作文，她甚至把陈丹晨写的班会串联词讨去，仔细地推敲，然后告诉陈丹晨："这样的串联词连高中生也写不出。"陈丹晨受宠若惊地望着萧老师，突然觉得赞赏原来有这样一种神奇的魔力，它像催化剂一样激发人的潜能，使你迸发出片片耀眼的火花来。

陈丹晨从不告诉别人自己对萧老师的喜欢，从不告诉别人她曾经那样欣赏地看着萧老师的身影出现在走廊的尽头，看着她抱着备课本像年轻人一样奔跑着来上课，萧老师跑步的姿态自然而优美，有风吹来，拂动她的头发和衣襟；陈丹晨也从不告诉别人，她常常梦想着和萧老师意外地在楼道上相遇，听萧老师亲热地叫她的名字，陈丹晨的心里会有些着慌，却带着抑制不住的兴奋。

这些，是陈丹晨的秘密，尤其不能让父母知道的秘密。

现在，那张萧老师的画像将同其他废纸一起扔到垃圾堆里，经受风吹雨淋，和那些腥臭肮脏的东西一同烂掉。想到这个，陈丹晨就感到刺

心的疼痛，这是她为自尊心付出的代价。

这个下午，陈丹晨最后一个离开教室。傍晚的校园透着寂寞的凄凉，在没有人的时候，连楼道都变得阴森神秘。从那个砌成梅花形的窗口，能清楚地看见砖红色的音乐教室。走到底楼的时候，陈丹晨看见音乐教室的门敞开着，她不由自主地走过去。

钢琴声舒缓地流泻着，那曲子弹得并不经意，混合着澄澈的水声，仿佛一个浣纱的少女，傍溪而立，薄如蝉羽的轻纱和少女的黑发一起随风飘起……

弹琴的竟是萧老师！她微微仰着头，她的脸被金黄色的暮日的光映照着，现出迷醉的神情。她的身体摇晃着，摇晃着，波浪般地起伏，她的手指在黑白琴键上鱼儿似的游动……陈丹晨怔在门口，被眼前的场景和扑面而来的音乐击倒。陈丹晨悄悄地躲到门边，生怕萧老师发现她。她在温暖的琴声中忽然生出一个欲望，心底里有一只手轻轻地牵引她，

像婴儿那样，多么希望有一天，萧老师能用那双柔软的手搂抱她，就像母亲对孩子一样。

陈丹晨被自己的欲望吓了一跳。

3

这真是一段被古怪的情感和向往填满的日子。陈丹晨对萧老师亲近的愿望越是强烈，她对父母的抵触表现得越是明显。

妈没有再提那张画像的事，仿佛它从来没有发生过。只是妈开始用一种意味深长的目光打量陈丹晨，陈丹晨被这样的目光看得心里打颤。每每妈这样看她，陈丹晨就私下里嘀咕："我又没有早恋，有什么可担心的。"在她周围，一些孩子开始有了一些恍惚的心绪，甚至明明白白地说一些爱情电影里肉麻的"台词"。陈丹晨不，她在情感上似乎有些

"滞后"，再说，她有她的萧老师。但陈丹晨决不愿意表露这一切，她偏执地觉得表露自己内心深处的感情是一件愚蠢的事情，包括对别人的喜欢；尤其在父母面前，陈丹晨保持着有点可笑的与年龄不相符的冷静和沉着。陈丹晨拼命地掩饰着内心世界，一任它风起云涌，却努力追求外表的平静。

这正是成长中的陈丹晨。

在夏天开始的时候，陈丹晨酝酿着悄悄跟踪萧老师，她实在遏制不住亲近萧老师的欲望。

她隐约知道萧老师住在静安寺一带。放了学，她偷偷地等在校门口，见萧老师的白色自行车一晃而过，才慢悠悠地骑上车追上去。

路上行人如织，萧老师的背影在人群中时隐时现，她的乳白色的裙衫如轻微曳动的水中芙蓉，淡雅而清冽。陈丹晨骑在离萧老师数十米远的地方，心里忐忑着，又抑制不住兴奋和好奇。

一路骑着，穿过林立的高楼大厦的阴影，萧老师拐进了一条狭窄而安静的弄堂。那是一排有些年头的公寓房子，灰白色的外墙斑驳着，裸露出年代久远的红砖。楼底下有一个花圃，似乎很久没有人侍弄了，倒伏着的花草稀稀拉拉，透着苍凉和衰败。这一切，在陈丹晨的眼里却传达着一种特别的美感和诗情。

萧老师打开一扇铁门，推了自行车进去，铁门哐当一声关上了，她丝毫没有发现身后的"尾巴"。

陈丹晨扶着车，站在那栋房子的门口，久久地仰望二楼的那个蓬勃着杜鹃花的窗台，这是萧老师的家，那扇紧闭的窗子关住了陈丹晨充满想象和期盼的梦。

在那以后的许多天里，放学的时候，陈丹晨都会绕道经过萧老师的家，在那扇窗子下驻足、观望，仿佛只有这样做了，才能获得满足和安慰。

陈丹晨很快获得了走进这栋房子的机会。

星期六的下午，萧老师意外地邀请朗诵组的成员去她家里做客。朗诵组有十个同学，陈丹晨是组长，每个星期，他们在萧老师的指导下读一些经典的诗歌和话剧片段。萧老师有演员的天赋，她读舒婷的诗能催下你的泪来。

这个下午，陈丹晨终于坐在了萧老师宽敞的房子里。她仔细打量这间有落地窗的房间，心里激动着。靠窗的地方摆着一张雅致的红木茶几，茶几上的蓝色陶瓷花瓶里插着一束纯白的香水百合。壁炉边上立着一架漆黑的钢琴，琴上的相架里，年轻时的萧老师头靠着她高大的丈夫微笑着。

大家兴奋地问这问那，陈丹晨却很少说话，她沉浸在梦幻般的氛围里，像做梦一样。萧老师一直注视着陈丹晨，她弹完《致爱丽丝》的曲子，从琴凳上回转身来。

"怎么不说话啊？陈丹晨。"萧老师说。

陈丹晨觉得自己的脸在发烧，她努力掩饰着自己，生怕萧老师窥见她心底的秘密。

"念一首诗吧，陈丹晨，今天给大家带来什么？"萧老师笑望着她。

陈丹晨翻开一本薄薄的诗集，朗声念道：

我不懂那是什么
它像一场躁动的夏雨
霍然闯入我的生命
那样潮暖那样动荡

如果不是午后的惊雷提醒
我几乎忘了
我已立在了人生的站台
手握着十点的车票
却不知道停靠的前站

和夏天有一个约会
那远在生命初始就订下的盟约
难道这意味着
我即将步入阴雨的季节
和是非的人间？

就像一项成人的仪式
青春的竹笛奏起
心灵的颤音和
身体拔节的微响

风筝飞出了窗口

谁又在岁月那头召唤？

……

陈丹晨轻轻叹了口气，读到这里停住，她感到一股潮暖的东西哽在喉头，欲吐不能。

"念下去。"萧老师鼓励她。

陈丹晨却怎么也发不了声了。她也不明白自己怎么了，只是觉得自己被一种温馨黏稠的情绪攫住，空气里还缭绕着萧老师弹奏的琴音，而萧老师那么近地坐在她的对面，她不时关切地捋一下陈丹晨掉下的刘海，萧老师的手指轻触她的额头，她能微微感受到萧老师的体温和手的柔软，这种若有若无的接触竟令陈丹晨抑制不住地想哭。

离开的时候，萧老师送他们下楼。走到最后一层，萧老师轻轻地对走在后面的陈丹晨说："欢迎你再来。"那句平常的话在陈丹晨心底掠过异样的感动，这是她需要的东西，她在下楼的那一刻想，为了萧老师，她要努力让自己出色和与众不同。

4

陈丹晨贼一样地蹩进了萧老师家的楼道，她的手里举着一小束水红色的康乃馨，那束花刚够插在门把上。陈丹晨觉得她必须这么做，而且得赶在萧老师回家之前。

这是陈丹晨最最幸福的一天。难以置信，萧老师能在学校的教工运动会上夺得长跑赛的冠军。陈丹晨趴在栏杆外面，声嘶力竭地替萧老师加油，她不知道萧老师有没有在喧腾中看见她，她并不希望她看见她。萧老师穿了一身雪白的运动衣，她奔跑的姿势比年轻人还要轻盈和舒展，当她跑过来的时候，陈丹晨就伸长手臂向空中挥舞，陈丹晨的手臂如淡色的嫩藕。她想，一定没有哪个孩子会像她这样兴奋，萧老师，那是她的偶像呀！

陈丹晨飞一样地骑出了校门，她被自己的想法激动着。她要送一束花给萧老师，还要写上祝贺的话，她做这一切只能悄悄的，她只想悄悄地表达对一个人深刻的喜欢和关注。

现在，她将那束康乃馨插在了萧老师的门把上。门把是铜制的，被摸得光可鉴人，在花的映衬下，竟有了几分新鲜的生气。楼道安静着，陈丹晨的心却一阵狂跳。她想象着，萧老师回到家，见到这束含露的花的时候，一定会舒畅地笑起来，然后疑惑地将它取下来，摸出钥匙开门，一边猜测：是谁送的呢？那束花会被小心地插在素朴的陶瓷花瓶里，每天每天地对着萧老师微笑……这是陈丹晨希望看到的。

此后，类似的游戏陈丹晨怀着忐忑和认真的心情又玩了好多次。陈丹晨不知道自己为什么会这样，她只是非常愿意用全部的感情来爱一个值得尊敬和喜欢的人，她的身体被掏空了一样，心却满满的，她的思想仿佛生长在繁花似锦的地方，永远不会失掉对花的幻想，并因为这种幻想而倍感充实。

这天早晨，陈丹晨像往常一样走到校门口，见萧老师在不远的地方迎面站着。她穿着一套藏青色套装，脸上是模糊而期待的表情。陈丹晨本能地感到一种虚脱，这是秘密即将被拆穿前的恐惧，她迟疑着脚步，脸上前所未有地灼烧起来。萧老师却快步走过来将她一把揽住。

萧老师亲热地勾住陈丹晨的脖子。陈丹晨的心剧烈地跳了一下，立刻把头深深地埋下去，让头发遮住了半边脸。萧老师紧紧地揽着她，陈丹晨嗅到了一股暖暖的混合着洗发香波的成年女性的气息，那股气息让她感动得想哭。

"是你送的花吗？那真是一些好看的花啊。"萧老师柔声说。陈丹晨无从知道她是如何知晓了谜底，只是在心底惊叹道：大人真是料事如神啊。

"怎么啦？"萧老师摇摇陈丹晨的肩，像哄小孩一样。

陈丹晨不置可否，只是把头埋得更低。那一刻，她真想拔腿逃去。没有人愿意把自己隐秘的心情暴露在光天化日之下，即便那是一种明朗的心情，是对一个人深刻的喜欢，一旦被人窥见，秘密便似乎成了羞辱。在陈丹晨的这个年龄，她一边千方百计地守住心中的秘密，一边又克制不住地想把它表达出来，结果把自己折磨得矛盾又痛苦。

可是，陈丹晨实在无法抑制胸中满溢的激情，这样的激情是给年长于自己的人的。因为有了这样的激情，陈丹晨做任何事情都觉得精神振奋，她会感到自己羽化成蝶，在一片明媚的光影里翩翩起舞，她顺着流

动的温暖的气息攀缘而上，努力去接近光明。陈丹晨不知道自己究竟要往哪里去，却知道无论在哪个方向，都有萧老师清澄的微笑在等着她。

然而，这种期盼最终却是要失去的。

5

接近期末的一天，陈丹晨路过语文教研组，听见一个熟悉的声音在叫她的名字。回过头，见萧老师站在里面冲她点头。

萧老师告诉陈丹晨，她的语文考了第一，作文尤其出色。然后，萧老师把她拉到身边，从抽屉里抽出一张淡雅的信笺。信笺上有水印的蓝色花纹，上面写了分行的钢笔字。

"你提提意见，看我的诗写得好不好。"萧老师说。

她顾自轻声念起来："门把上又插了一小束鲜花 / 那桃红的、绛紫的、还有鹅黄的 / 仿佛天真可爱的小脸 / 正朝我轻轻微笑……"

陈丹晨侧耳听着，涨红了脸。萧老师把那张精致的信笺塞进她的手心，说："送给你。"

　　陈丹晨不知道那其实是萧老师在向她告别。她揣着这张薄薄的信笺走回教室，被感动和受宠若惊的情绪填满了。教室的门在她身后砰然关上，陈丹晨的手里突然地变得沉重。

6

　　就这么过了一个暑假。开学的时候，班主任告诉他们，这学期会来一位新的语文老师，萧老师出国了，她在美国任教的丈夫接她走了。

　　陈丹晨脸色煞白。没有人能体会她此时的感受，这是真的。

　　这是烈日下的中午，陈丹晨困兽一样地徘徊在那栋灰白的房子附近，不时抬头注视那个熟悉的曾经杜鹃盛开的阳台。这里有过萧老师的气息，可是现在，阳台上失却了往日的齐整，堆满杂物，令人感到凄凉到来时的恐怖。

　　陈丹晨扶着自行车站在楼下，想不出该做什么。一辆橘红色的搬家车开了过来，戛然止住，上面下来几个穿卡其布工作服的工人，他们像蚂蚁一样进出于灰色的房子，从里面抬出大大小小的家具。一个陌生的中年男子指挥着他们，他的相貌上有萧老师的痕迹。男子不时看一眼呆立一旁的陈丹晨，但没有和她说话。

那架黑漆的钢琴终于被抬了出来，暂时地搁置于路边，黑色的琴面在日头下闪着耀眼和凄冷的光。

钢琴，被萧老师纤巧的手指弹奏过的钢琴！

无边的失落和绝望漫卷过来，将陈丹晨紧紧包裹住。她悲哀地想，也许永生都见不到萧老师了，这痛彻心扉的遗憾像一只巨大的手拽紧她，不肯松开……

望着隆隆开远的卡车，陈丹晨忽然想起，今天，是自己的生日。

7

陈丹晨在街上逛了很久才回家。

推门进去，像预料中的那样，桌上摆了丰盛的晚餐，还有一个显眼的鲜奶蛋糕，蛋糕上裱着：生日快乐！

陈丹晨没有感到快意，她还陷在深深的忧伤里面。爸和妈看着她，说，过来吃饭吧，今天是你的生日。

妈把一勺虾仁舀到陈丹晨的碗里，她吃了一粒，还没咽下，眼泪却扑簌簌地掉下来……陈丹晨忍不住地要哭。爸和妈没有阻止她，也没有劝慰她，只是把更多的好吃的菜夹到她的碗里。爸难得开一句玩笑："哪有过生日哭鼻子的，再哭，就成大花脸啰。"陈丹晨止住哭，她一向是个善于克制感情的女孩。

她机械地吹蜡烛、切蛋糕，觉得这个生日过得索然无味。

吃完蛋糕，陈丹晨说："我回房间了。"妈在后面拉了一下她的衣服，说："我有东西给你。"

陈丹晨看着妈拿出一个木制镜框，那是一个还散发着木头清香的镜框，镜框里镶着的竟是被陈丹晨丢弃的萧老师的肖像画！

妈说："我把它拾回来了。没什么不好意思的，妈小的时候，也曾经像你那样。"

陈丹晨低头不语。

妈又说："萧老师在出国前曾经找过我，谈了你，她说你是个对爱要求很高的孩子。这一点，妈感到很惭愧。其实，我们是那么深地爱你，只是我们表达得很含蓄，你能理解我们吗？"

陈丹晨低下头，她感到有些唐突和意外，甚至有点不习惯，记忆中她们母女俩从来没有这样说过话。她接过镜框，看了妈妈一眼，妈的眼里有一点晶莹的东西在闪烁。

是的，陈丹晨必须好好地想想，好好整理一下乱糟糟的心绪。

她听见妈在身后说："萧老师让我转告你，她会想念你。还有，我和你爸永远都爱你！"那后半句话，妈顿了顿才说出来。陈丹晨的眼泪又一次地汹涌而出，但这次，不是因为伤心。

写于 20 世纪 90 年代中后期

致 T——

　　时间和成长带给我们的，除了收获和欣喜，也有无奈和遗憾。

　　朦胧之所以撩人心弦，是因为看不真切。蒙娜丽莎画像，两三米开外看起来很美，可要贴近来看，就是一堆麻点和油影。

　　时间和成长，正如一座架在蒙娜丽莎画像前的渐推式放大镜。它们教你看清人生和世界的真相，也在教你看清自己。

　　无奈和遗憾，时间之伤，同样是人生的恩赐。就看你如何看待它。

　　有破碎，才有重建；有失落，才有追索；有迷失，才有顿悟……你对世界和人生的认识也正是以这样的姿态螺旋式上升。

之三
七年

1

"罗纳德要来了!"

老爸说这话时,我正在看《到灯塔去》。最近,我迷上了伍尔芙。这个聪明绝顶的女人系出名门,才华横溢。她在书香浸染中成长,在挚爱她的亲朋中生活,可上帝偏偏把可怕的精神疾病抛给她,纠缠了她的一生。疾病发作时,她无法自控;疾病休止时,她又痛不欲生。最后,她终于投河而去。对她的意识流之类的玩意儿,我似懂非懂。意识流对我来说不重要,重要的是伍尔芙癫狂却优美的一生。我着迷于一切非凡的东西,不管是人还是书。我特别想弄明白,一个精神病人是怎样奇迹般地组织她的思想和文字的。

正琢磨着,"罗纳德要来了!"老爸又重复一遍。我从椅子上跳起来,"真的吗?"我暂时把伍尔芙抛在了一边。罗纳德对我来说是一个遥远又亲切的名字。虽然我们有很多年不见,但始终保持着密切的联系,就

好像是生活中常常出现的一个人，从来不曾离开过。而事实是，罗纳德生活在遥远的比利时的一个叫奥斯坦德的海滨小城，我有 7 年没见他了。

7 年，是爸妈掰着指头算出来的。7 年前，我 8 岁，罗纳德第一次来中国。

罗纳德是欧洲漫画家联盟的主席，我老爸的漫画曾经得过国际漫画大赛的银奖，他们相识在美丽的布鲁塞尔。后来，我那生性浪漫的老爸带着他蹩脚的英语独自游历欧洲，在罗纳德家里做过客。据老爸说，罗纳德对中国有着莫名的好感。他由衷地喜爱罗纳德，说罗纳德是他见过的最朴实真诚的人。7 年前，老爸和子墨叔叔邀请罗纳德来中国。子墨叔叔也是罗纳德的朋友，一个从长相到性格都比我爸更幽默的漫画家。他们俩慷慨地负担了罗纳德在中国的所有费用，却对自己的英语捉襟见肘。于是，刚学了两年英语的才 8 岁的我，被拽来硬生生地做了罗纳德的随行翻译。

短短 7 天，我和罗纳德的友谊突飞猛进。罗纳德对我的感情明显超过了对老爸和子墨叔叔的兄弟情谊。临走时，他还为我掉了眼泪。我因为参加学校的夏令营，提前和罗纳德告别。这个慈祥的大胡子男人绝望而哀怨地望着我，喃喃着"why why"，眼泪扑簌簌地顺着花白的胡子滚下来。

我铭心刻骨地记着那幕场景，从来没有一个大人因为我而掉下惜别的泪。尽管我那时只有 8 岁，但已经能体会属于大人的沉重情感。也许，我从来就是个早熟的小孩。

从那以后，我不断地收到来自遥远的奥斯坦德的种种信息，从邮包到信件，让班上的同学羡慕不已。罗纳德给我寄来他在医院里动手术后的照片，他漂亮的女儿芬尼和莎莉的合影，他在各地游历的留影，以及手表、毛巾乃至好闻又好看的香皂。他在每封信末尾的自画像上点上两滴红色的眼泪，旁边认真地写道"miss you qingqing"，qingqing（青青）是我的小名。这种伤感的情绪长时间地浸染我。我总是在既快乐又忧伤的矛盾心绪中拆开那个贴满了比利时邮票的信封，然后在既快乐又忧伤的心绪中给罗纳德回信。尽管这么多年没见他，但这个名字对我们全家来说，一点都不生疏。

这一晚，老爸和老妈显得尤其兴奋。并不是因为罗纳德的即将到来，而是因为罗纳德即将到来的消息唤起了他们关于我的种种记忆。我相信，人老了就容易怀旧。冲这点，我就原谅了爸妈日益频繁的唠叨。

"你那时，又乖又懂事。"老妈的眼睛灼灼闪光，满脸神往地捡拾我童年的桩桩逸事。是的，这些事我曾经无数遍地听他们提起。比如，在 10 岁以前，我每天回到家来不厌其烦地向大人描述学校里每一分钟发生的事；8 岁时主动把平时存的压岁钱拿出来"资助"家里买了一台菲力普彩电；6 岁时尝试着煮了平生第一锅稀饭；4 岁时在路边捡到一只摔碎的手表交给了"警察叔叔"……最令他们自豪的是我居然成功地当了罗纳德的翻译，那件事惊得妈妈的同事瞠目结舌，纷纷痛心疾首没能生个像我这样的天才女儿。

只要说到我小时候的事，老妈就神采翩然，恨不得把我塞回她的肚子里去。而现在的我，只有让他们唉声叹气的份。老妈抱怨我跟他们不再亲近，脑子里尽想些他们看不懂的念头。他们把这些"看不懂"归罪于我看的那些乱糟糟的书，以及没完没了的上网。上个月，老妈没收了我的电脑，那是因为我未经许可剪了个比男孩还短的头，并且在左耳垂上打了个洞。那一晚，老妈把我的电脑五花大绑，塞进了储藏室。我坐在一边捂着塞了根茶叶梗的左耳垂，表现得很平静，既不吵也不闹。这让老妈很受挫。她不知道怎样才能真的触动我，令我"痛改前非"。

其实，我把所有的郁闷埋在心底，每天对着日记倾诉。每篇日记都是一封信，拉拉杂杂地写我那些稍纵即逝的古怪念头。我想象自己是在给某个亲近的人写信，但并不清楚他是谁，因为这些信从来不寄出去。我不知道，改变的是我还是身边的人。难道长大真的已经让我面目全非？

好吧，让这个晚上尽早地安静下来吧。罗纳德要来了。

2

其实，我已经忘记了那个 8 岁的我是什么样子。

拿出 7 年前的照片来看，一个穿红 T 恤的胖胖的小姑娘被大胡子欧洲人搂着肩，靠在一溜自行车边上，笑得正憨，可眼睛却是闭上的。

但我却清楚地记得和罗纳德相处的日子。

我们去周庄。罗纳德指着人家门口晾晒的木马桶，问是做什么用的。狡猾的子墨叔叔冲我挤挤眼，回答说，是装米的器具。于是，我嬉笑着笨拙地翻译给他。罗纳德显出惊讶的样子，抚摩着盖子上的花纹说，装米的东西也这么漂亮。然后拉着我同马桶一起合影。真倒霉，我想，如果我告诉他，这是上厕所用的，不知道他会赞叹到哪里去。

后来，罗纳德果真吃了马桶的亏。

我们去杭州，天知道老爸他们怎么找到那个破旅馆的。那是我第一次住旅店，记忆却一点都不美好。那会儿，好像不像现在有那么多漂亮的宾馆。要找个干净并且价格适中的旅馆并不是件容易的事。我忘了那个旅馆的名字，却记得那里所有的墙面都像学校那样被涂了半截绿漆。老爸特意给罗纳德安排了一个单间，可一时疏忽忘了审查卫生间。该吃晚饭了，罗纳德在房间里半天不出来。老爸去他门口张望，一直没动静。隔了好久，才见罗纳德一脸苦相地推开了门，一只手捂着屁股。

他朝我大幅度动作，比划了半天。我那点蹩脚的英语应付不过来，

半天没弄明白。子墨叔叔走进去，出来的时候表情很奇怪，不知道是想笑还是想保持严肃。原来，卫生间里的马桶圈是裂成两半的，没准刚才罗纳德是给马桶圈给咬住了。

我忍不住大笑。罗纳德伸伸舌头说，一只调皮的马桶。

在西湖边，我们去逛庙会。人头攒动，罗纳德个高，臂力之大，轻巧巧把我举起来，看人群里的杂耍。我被抱得痒了，咯咯地笑，好像回到三岁的时候。

在"龙井问茶"喝茶嗑瓜子。罗纳德不会嗑，坐在竹椅上望风景。我将瓜子利落地一粒粒剥好，放进他面前的盘子里。罗纳德感慨地对老爸说，charming girl（迷人的女孩）。我被说得脸红，心里却很是得意。那天下午的太阳真是好，不焦躁，却是温凉、温凉的。

背着别人，我和罗纳德也有私下的交谈。可是因为词汇量有限，话题都涉入不深。我说，将来我想做了不起的人。哦，小小年纪志向就已经不小。我满以为他会赞扬我。

可是罗纳德却摇摇头，你以为那样很幸福吗？我还记得他反问我的样子，他努一下嘴，吹了口气，胡子往上翘了翘。不屑的样子。

这些，都属于遥远的过去。仿佛镶在画中的记忆，被云雾遮掩，特别不真切。在我 8 岁的时候，罗纳德的到来好像来自远方的风暴，洗刷了我那单纯的生活。和罗纳德告别的时候，我伤心着，以为再也见不到他了。

可是，一晃，7 年过去了。

我真的有些激动。我从未体验过和一个 7 年未谋面的人重逢会是什么情形。

7 年真的很神奇。7 年前，老爸刚学会开车，紧张得恨不得所有的行人都给他让路，7 年后，老爸已经能眯着眼睛哼着小曲开车；7 年前，老爸开的是辆旧的桑塔纳，7 年后，换成了流线形的帕萨特；7 年前，老爸天天回家吃晚饭，7 年后，老爸一个星期只有一天回家吃晚饭；7 年前，老爸 39 岁，看上去像 29 岁，7 年后，老爸有了第一撮白头发，看上去就是 46 岁；7 年前，所有的漫画杂志都登老爸的漫画，7 年后，漫画杂志的编委名单里都有老爸的名字，里面却没了老爸的漫画。这是我老爸的 7 年。那么我的呢？罗纳德的呢？

3

7 年，会让罗纳德变成老人。我想。7 年前，他 58 岁。现在，他 65 岁。65 岁，应该是老人的概念了。

我和老爸站在候机室里，激动地等待来自法兰克福的飞机降落。我的英语已经今非昔比，而罗纳德再也不可能把我高举过肩。现在的我，1 米 63，穿落拓的牛仔裤，左耳垂上吊了个银色的耳坠，很深沉，不再喜欢旁若无人地说话。

远远地就看见了他，还是老爸眼尖。那个穿绿色棉风衣的老头，长脸，白发白胡子，走路微瘸。那么遥远又如此贴近，好像从另一个世界走来的人。

我以为我们会激动地流下热泪。还好，没有。罗纳德过来拥抱我，用柔软的胡子摩擦我的脸颊。这是 7 年来我第一次被别人拥抱。

他上下打量我，像打量外星人。我怎么了？

这回，老爸安排罗纳德住的是欧式旅馆，不豪华但很舒适。到的时候，子墨叔叔已经在那里了。

他们没法和罗纳德交流，只能用炽热的微笑诉说离情。而我，可以尽情酣畅地说，但我不想在他们面前说得太多。

刚坐下，罗纳德就打开箱子，掏出一只蓝色纸包。

"给我的？"我说。接过来，是一只红色的皮质钱包，贴着布鲁塞尔机场免税店的标签。

"给小姐的礼物。"罗纳德说。7 年前，罗纳德给我的礼物是一只玩具狗。

然后，他掏出一只透明的讲义夹。里面夹了我们和他所有的通信和照片。照片已经开始泛黄，提醒着岁月的过去。子墨叔叔唏嘘不已。

罗纳德喃喃叙说，眼神里充满追忆的温暖，他的语速快而零乱，我都来不及领会。他变戏法似的从包里掏出一枚仿古放大镜，在子墨叔叔面前晃了晃。

"这不是上回在东台路买的吗？"子墨叔叔讶异着，"他为什么还要带来？"

我忍不住大笑，是笑子墨叔叔的愚蠢还是笑罗纳德的迂？我也不知道。反正我很高兴，这也许是罗纳德纪念重逢的方式吧。我说。

4

这一次，老爸不再充当罗纳德的全程"车夫"，他的公司让他脱不开身。子墨叔叔也有他的事，他们报社严肃了劳动纪律，必须上下班打卡，缺勤要扣奖金的！他们都很忙。我说我没关系，我正放假呢，有的是大把大把的时间。

罗纳德去郑州参加某世界漫画节的筹备会，会后，所有的老外都去了北京，只有他来了上海。"上海，有我最想见的人。"罗纳德说。而我，当然是罗纳德最想见的人。

罗纳德将在这里逗留两天。我参与了对罗纳德活动日程的安排。我对子墨叔叔说，一定要有博物馆、美术馆的内容。7 年前，我们带罗纳德去陆家嘴。可他对高耸入云的"东方明珠"熟视无睹，还不及看到一只马桶兴奋。

可是一直下雨。

罗纳德有脚疾，不能走长路。我打着伞，搀扶着他去静安寺乘地铁。虽然如今，街头时常能见到老外，我们这一路还是走得很引人注目。一个别着老式黑发卡的老太从寺庙里烧香出来，和我们擦肩而过时，停下，仰起头认真地研究了罗纳德一番。罗纳德被她看得很开心，告诉我，7 年前，他在一条弄堂里被一群老头老太围观。"他们像在看

一只 monkey（猴子）。"罗纳德耸耸肩，模仿"monkey"的样子朝空中抓了两把。

我笑。老太虽听不懂说什么，仍然被说得不好意思，迈动小脚跑开了。

出了地铁站，雨水渐止。博物馆被笼罩在雾中。进了博物馆，我原以为罗纳德会欢呼雀跃一番，没想到他对中国古文物和古字画的兴趣淡漠得很，本可看一天的内容两个小时就逛完了。他倒是更乐意在纪念品柜台逗留，挑选一些廉价的书签、茶杯垫回去送人，跟我们到旅游区的习惯没啥两样。

我有些失望，悻悻地用蹩脚的英语跟他解释楼上还有好几层，要不要去看看？

NO！罗纳德摆了摆手，朝卖旧瓷器的柜台冲了过去。

然后，他要歇脚。找了二楼的茶室坐下，一杯龙井要 50 元，我的天。我摸摸口袋，准备付钱，罗纳德抢先把钱递了出去。"你是小姐。"罗纳德说。

这是他第二次称我为"小姐"。我说，既然我不是孩子了，你应该

让我请你吃一次午饭。老爸昨晚给了我 500 元，我有足够的底气。罗纳德看着我，恍然大悟地笑了，说好。

我们吃的是"必胜客"。服务生一如既往地殷勤周到。罗纳德没有要比萨饼，而是点了一份意大利肉酱通心粉和一份蔬菜汤，我又另外给他加了一份法式焗蜗牛。我不喜欢通心粉，却还是点了和他一样的。我不希望我们的距离看起来太遥远。

吃通心粉的时候，罗纳德问，邱为什么总是忙？邱就是我的老爸邱士海。我摇摇头。这也正是我想搞清楚的问题。忙，是老爸和罗纳德通信见面时谈论的主要内容，"忙"是老爸的生活状态，也是他能表达好的有限的英语单词之一。

老爸为什么总是忙，这也是我没搞懂的问题。我想，我的老爸如果有一天不忙了，非得住进医院去不可。但是，罗纳德却不能理解。"我在 30 岁以前，每天工作 20 个小时，可后来我发现那样很愚蠢。"罗纳德现在每天花 2 个小时工作，其余时间全都花在闲情逸致上。他在房子里辟出一间"中国角"，收藏摆弄和中国有关的一切东西，小至中国朋友的名片、餐馆的卡片，大至明清的床。

我想问他既然对中国感兴趣，那刚才为什么没耐心看中国的古字画。话到嘴边，又咽了回去。

相比之下，我的老爸从来没有这种雅兴，他恨不得把睡觉的时间都搭上。我甚至害怕走进他那间拥挤不堪的书房，所有的桌面和地面都被他的资料书本占满了。老爸从了商，仍然改不了艺术家不拘小节的习性。我相信，一旦走进他那间可怕的书房，正常人都会血压升高。天晓得老爸那些日子是怎么熬的。

"7年，多大的改变啊。"罗纳德感叹道，"我以为你还是那个胖胖的小姑娘。"

他对时间的感叹当然比我由衷，我发现，那些大人尤其恐惧时间的流逝。而我，对时间的流逝充满热爱。是的，我已不再是那个胖胖的乖乖的小姑娘了。我少言寡语，甚至不苟言笑。我懂得控制自己的表情，觉得生活是一条艰深的隧道，有那么多东西可以挖掘。

忽然想起了伍尔芙。1923年春天，她开始创作《达罗威夫人》。她频繁地提到她的年龄——她年届40，对时间的流逝极其敏感："我感到时间飞跑得像电影院的电影的速度……我用我的笔刺探它。"她开始更深切地体会到人生跨度和不同的人生阶段所提供的机会。在40岁的年龄上，她说，要么扬鞭催马，加速前进；要么放松自己，干一点算一点。眼看身边的朋友渐渐失去活力，伍尔芙决定去过一种更紧张激烈的生活。

这也许就是老爸的心情。

我没有和罗纳德聊伍尔芙，这对我的英语是严峻的考验。我们只是谈论罗纳德的一对女儿，她的小女儿莎莉嫁给了一个老实巴交的船员，并且有了一个洋娃娃似的儿子；大女儿芬尼 30 好几还没结婚，浪迹天涯。而我对莎莉的印象完全来源于我的老爸，他说莎莉是个沉默朴素的穿红衣的小姑娘，很乖巧地站在美术馆外面帮他们发传单。

哦，已经很多年过去了。

5

第二天，我一大早就醒了。这一觉睡得迷迷糊糊，思绪纷飞，内心独白如同行云流水。一定是晚饭吃多了。昨天的晚宴设在新天地旁边的石库门饭店，丰盛的菜肴摆了一桌子。罗纳德苦笑问，为什么总是满满的？而且每次总是吃不完。看来，7 年前饭桌上的丰富令他记忆犹新。老爸和子墨叔叔的朋友都来了，除了搞笑大师伍顺伯伯，还有一个香港人，一个台湾人，一个美籍华人。伍顺伯伯唱了昆曲，然后和罗纳德开起了玩笑，当场创作了一组打油诗，逗得罗纳德莫名其妙地乐。

回来时，一肚子鸡鸭鱼虾就向我提抗议。夜里，肚子一直咕咕地叫，老妈说可能是消化不良，逼我吞下几粒黄色的药片。

我问老爸，明天能不能陪罗纳德。老爸冲我不好意思地笑笑，我就懒得再说什么了。

第二天一大早，我就赶到了宾馆。老爸和子墨叔叔要晚上才能来陪他吃饭。刚进宾馆大门，就看见罗纳德在小卖部那里磨蹭。近前去，才知道他们正为百事可乐的价格发生争论。罗纳德说超市里是 2 块钱，这里为什么卖 4 块！小姐把嘴一撇，理直气壮地说，这里是宾馆！我从罗纳德手里拿过可乐罐，往小姐面前一放，说："不买了，我们去超市买。"

说完，我就有点莫名地生气，也不知道究竟为了什么。

仍在下雨。罗纳德看看天，对我说，去星巴克吧。我知道他嗜咖啡如命，把咖啡当开水喝。昨天一路走，看到街头遍地开花的星巴克咖啡店，罗纳德一脸悠然和满足。

我想起了陆家嘴滨江大道上的星巴克，论风景和情调，那里是一流的。于是，不惜冒雨前往。

一路上，罗纳德对那罐可乐耿耿于怀，并且因此生发出更多的感慨。说是 7 年前，他走的时候，机场居然不允许我老爸和子墨叔叔送进去，而且还罚了他一大笔钱。好心痛哦。

我忍不住说，中国这么不好，你为什么还来上海！

他嘿嘿笑着说，因为我来上海，可以不花钱啊，你爸爸和子墨请客嘛！

我看了一眼罗纳德幽深的蓝眼睛，弄不清楚他是说真的，还是在开玩笑。心里好像堵进了一团东西。原本的记忆犹如一幅干净的画，这会儿生生给弄脏了。

坐在星巴克里，听着爵士乐，心里的闷气才慢慢消了。看黄浦江对岸隐在雨幕中的万国建筑群，我觉得自己真的很像一个大人了。

我开始有闲心仔细地打量罗纳德。和 7 年前相比，他额上的皱纹更深了，两边的脸颊微微凹陷，本不浓密的棕黄色头发也稀疏了不少，只有胡子还一如既往地茂盛着，可那胡子也夹带了几缕花白。

洪亮悠远的钟声从对岸的海关大楼飘来，余音震颤。罗纳德安静地倾听钟声敲完 13 下，说，我每天下午这个时候，开着车去海边，你知道，那里有大片的草坪，还有……

听着这些话，我心里的那幅画又慢慢清晰起来。我看见罗纳德躺在草坪上，逗引他出生不久的小外孙。小外孙长着大大的脑袋，一头金发，他跳在他的肚皮上，咿咿呀呀，又滚到一边，摇摇晃晃地撑着身体坐起来……

我还看见 1941 年 3 月的一个早晨，饱受时间折磨的伍尔芙留下一封充满爱和深情的诀别信，趁丈夫伦纳德到园子里做活的时候，偷偷地溜出了家门。伦纳德从花园里回到家中不见了伍尔芙，预感到不祥。而此时的伍尔芙，衣袋里坠满了石头，在河边留下拐杖，已经沉入冰凉的河水之中……

它们本无关联，不知怎么的，我就把它们串在了一起。

我喝了一口"拿铁"说，"罗纳德，我觉得我们之间的距离一点都不远。"

"我可不这么想，"罗纳德说，他的咖啡里没有糖也没有奶，"我好像坐在一个很熟悉又很陌生的人面前。"这次他没有称呼我"小姐"，那样会让我感到生疏。

"芬尼 15 岁的时候，我曾经出门两个月。回来后，我发现我已经不了解她了。"罗纳德的芬尼现在是个特立独行的工程师。

是的，两个月也会令周围的人不认识我，我相信。每天，我的头脑里充满各种各样的想法，没准明天就会颠覆今天的念头。我觉得自己好像一个不断分裂的细胞，瞬息万变。

"我有时会感到累。这在以前几乎没有过，也许我真的开始老了。"罗纳德的神色里滑过一丝黯然。

可我每天都觉得精神抖擞，好像时刻准备和这个世界较劲。

6

在星巴克里悠闲地消磨了一个下午。出门时，我开始暗地抱怨。此

时正是大雨滂沱，路边连出租车的影子都见不着。我们在雨中走了20分钟，仍然杳无希望。我能觉出罗纳德脚下的沉重。让他在大雨里走1千米的路去乘地铁，实在很不人道。但是，这是唯一的选择。

正绝望着，一辆打着"空车"灯的绿色的士开了过来。罗纳德像看见救星一样，张开双臂招呼它。

可那司机却在地铁口将我们放了下来，说是下班时间，出租车不允许过隧道。于是，只能坐地铁，和那些上班族们一起挤上挤下。

出了地铁，仍不是目的地。我埋怨老爸他们为什么偏要挑那个什么倒霉的"咸亨酒店"，从地铁口去酒店还得打车。可是，车呢？出租车一辆一辆从雨幕中过去，全都是满载。我搀扶着罗纳德走过一个又一个路口，企图能碰上一辆空车，可是，没有。

雨越下越大，我和罗纳德半边的衣服都打湿了，罗纳德的眼镜上蒙了一层水雾，不时用手绢去擦。而我，已经感到了冷。我们绝望地站在

商厦的大门口，避风、躲雨。

半个小时过去了，40分钟过去了，没有车。这会儿，我的老爸在哪儿呢？子墨叔叔已经坐在饭店里喝着菊花茶了吧？而我们，却好像汪洋中的一条船。

老爸忙得真好，忙得没工夫陪罗纳德，罗纳德7年才来一回啊。7年以后，罗纳德还会有机会来吗？7年后，我也上班了。那时，我也会像老爸一样忙吗？我委屈得要哭出来。

救星是在1个小时后出现的。我终于抛弃最后一点希望，拨通了老爸的手机。"来接一下我们吧。"我带着哭腔要求道。老爸正在去"咸亨酒店"的路上，接到我的"呼救"，只能绕道来接我们。

欢送罗纳德的最后一顿晚饭依然很丰盛，我却一点没胃口。罗纳德好像忘了刚才在寒风冷雨里受冻的遭遇，开心地喝啤酒，说笑话。看他那天真无邪的样子，我心里对他充满了歉疚，不知道他是不是真的很开心。两天里，他和我老爸、子墨叔叔相聚的时间不超过6个小时。他会遗憾吗？尽管他说，他最想见的人是我。

子墨叔叔细心地带来去年的邮册，这是罗纳德喜欢的。老爸送上一只明清时期的笔筒，也是罗纳德喜欢的。这回，罗纳德回去的行李不会超重了。7年前，罗纳德疯狂购物，回去时行李超重罚了100美金。这回，并不是因为戒了购物癖，而是没了时间和心情。这回，罗纳德买的东西很有限，它们是一本中国女子的裸体艺术摄影画册，给学过舞蹈的芬尼；一条苏绣的围巾，给莎莉；一对图案漂亮的瓷杯，给他自己和他的太太。

我长大了，老爸和子墨叔叔将罗纳德全权委托给了我，而我，并不是一个好导游和好导购。

7

罗纳德是在第二天中午走的。

老爸在前一个晚上因为心急慌忙，不小心被车门夹坏了手指，所以，我们无法享用他的车去机场了。我们坐的是空港巴士。我酸酸地说，老爸，真遗憾，罗纳德没能尽情享用你漂亮的帕萨特。老爸苦笑两声。

老爸的手指肿得很大，忍痛举着缠绕了白纱布的手指去机场，还用完好的左手给罗纳德提了行李。

临登机前，罗纳德看了一眼机场角落里的咖啡吧，说，再喝一杯吧。

机场里的咖啡是天价，子墨叔叔犹豫了一下，还是忍痛买下35元一杯的速溶咖啡，一共四杯。三个男人坐在一起，又是回忆往事。子墨叔叔说，他认识罗纳德将近16年了。那时，他还很瘦。他拍拍自己的啤酒肚说。

老爸说，10年前，他独自一人去奥斯坦德，在海边的沙滩上过了一夜。真是美啊。老爸感叹道。

16年前，我还没出生。10年前，我还吵着要用奶瓶装水喝。

一晃，那么多年过去了。老爸再也没了在海边过夜的闲心，子墨叔叔也已经胖成了一尊弥勒佛。

罗纳德说，这次，我一定不哭。他指指自己的眼睛，对我说。

时间，让我们坚强。

罗纳德走进安检口的时候，回过头冲我们挥手。果然没有哭。我们在原地站了一会，反身走出机场。

"不知道罗纳德还能不能再来了？"子墨叔叔像是自语。我和老爸都没有接他的话。我得留时间让自己想想。

机场出口围着一圈人，我们挤进去看。只见地上坐着一个精神萎靡的老太，口角流涎水，睁着一双无神的眼反复说："黄金万两，黄金万两……"没人懂她的意思。旁边有人说："老年痴呆。快通知机场寻人吧。"

老爸没工夫看热闹，拖着我就走。空港巴士开到了高速公路上。老爸的手机急促地叫起来，那头正催老爸赶紧回去。我皱着眉头扭过身子，碰到了身边的纸包。那是罗纳德留给我的，上面用红笔写了我的小名：qing qing。

打开纸包，我把里面的东西一样一样拿出来。那是行李里装不下的博物馆的简介和光盘，宾馆里没用完的一次性香皂和浴帽，还有一只深蓝色的纸盒，里面是一只蓝花纹的水杯。

我还记得陪罗纳德买这只水杯时的情形。那是一家专卖台湾产瓷器的小店，杯子的款式都很别致。罗纳德看中了这只蓝花纹的，买了同样的两个：一个给自己，一个给他太太。当时我说，我也好喜欢，可现在我不需要。

　　年轻的老板娘塞给我一张名片，说以后多带点客人过来，我给你优惠。我笑笑，没搭理她。

　　罗纳德为什么把这只杯子留给了我？

　　我抚摸着杯子上凹凸的花纹，无意中触到了杯底的裂缝。哦，原来是一只坏杯子。刚刚起来的欢喜又下去了。心底却不由浮起一层伤感，7 年，我不知道罗纳德还有多少个 7 年？长久的分别和重逢真是不同寻常啊。

　　我会在罗纳德有生之年去奥斯坦德看他一回，我有的是时间，我想。可是，罗纳德呢？

　　　　　　　　　　　　　　　　　　　　　写于 2004 年 12 月

致 T——

　　我们来到这个世界上，就已经驶入了某条无形的既定轨道。

　　大人们为你预设了种种理想中的人生，这样的人生模式符合社会的主流价值体系，合乎大多数人心目中的成功范式；他们为你一一树立各种各样的成长榜样，按照他们的样子打造你的未来。

　　你的样子，像极了一只——"画框里的猫"。

　　可是，人生有固定的范式吗？所谓的成功，便是大多数人心中认定的那种吗？

　　有没有人问过你：与"分数"和所谓的"美好前途"相比，有没有一些东西更加重要？比如：听从心灵的声音，对自我的超越，开阔的人生追求，选择最适合自己的未来……

　　关于这个问题，也许每个人都能给出不同的答案。

　　我只知道，那只"画框里的猫"总想跳脱出来——因为没有什么可以束缚住一只野猫向往自由的心。

致成长中的你Ⅲ
时间的馈赠

之四
画框里的猫

　　3 年前，我 15 岁。那年的冬天，我是在郁闷和别扭的情绪中度过的。

　　直至今日，一到冬天，我就会想起这件事。尽管我连罗玉子的长相都记不清了，但所有的场景都历历在目。这是一种无声的记忆，好像在看一部默片。

　　饭桌边只有我和母亲两个人。桌上摆着一盘红烧鲫鱼，鲫鱼的尾巴翘在盘子外面，好像依旧保持着它濒死前绝望挣扎的样子。母亲把一筷子鱼肉夹到我碗里，我皱着眉又将它夹了回去。我不喜欢吃鱼，母亲却总是强迫我吃，就像她常常让我穿我不爱穿的衣服一样。我低着头，但我的心却凝视着端坐在我面前的母亲。自从父母离婚后，我觉得母亲越来越不可理喻，这个只有两个人的家变得沉寂无声。

　　我听见母亲冷冷地说："不吃也可以，有本事别的菜也别吃！"

　　"不吃就不吃！"我小声嘟囔道。

　　"好啊，你永远别吃我做的饭！"母亲"啪"的一放筷子，大声说。

　　"有什么了不起，饿死给你看！"我也没有示弱，站起来，转身跑了出去。

　　我没有马上跑出家门，而是在庭院里站了一会儿。我低垂着头，看着几株蔫了的花草，隐隐地希望母亲能追出来。但母亲并没有出来，追出来的是她的骂声。她骂什么话，我记不清了，只记得当时心情很灰暗，真的有饿死给她看的决心。

　　其实，母亲的心情我是完全能理解的。人到中年，丈夫却跟别的年轻女人跑了。在母亲的这个年龄，无论是事业，还是别的，好像都到头了。她唯一的希望只有我，而我，却偏要和她作对。母亲43岁，她到现在只做了一份职业——在国家机关的人事科里当科员，她连科长都没有当到，但母亲很为自己的金饭碗自豪。在我的印象里，时间留给母亲的纪念，除了眼角的细纹和不再柔曼的腰以外，没有太多的痕迹。她可以好几年不买一件新衣服，不烫头，不化妆，她一直小心谨慎地维护着什么，最终却失去了她的丈夫。

　　小的时候，我觉得母亲都是对的，并且真的想照母亲说的去做。母亲说要读好书，否则将来找不到好的工作；母亲还说女孩要有女孩的样子，否则找不到好老公；母亲说钱要省着花，在有钱的时候也别忘乎所以……这些，听起来都很对。可现在，我却觉出那些话里也有些不对劲的地方，但到底不对在哪里，我也说不清。我知道母亲很疼我，处处为我着想，可她的那种方式我就是受不了。有一次，我在班委选举中落选了，母亲知道了，比我还难受，她说这样多没面子啊，别人会怎么想啊，还跑去找班主任谈话。母亲这么做，弄得我很难堪。我和她大吵了一通，她很伤心，说我一点都不体谅大人，她是为我好。

这些日子，类似的冲突在我和母亲之间经常发生。有一次，母亲哭着说，怎么生出这样的女儿来，两个人像一对冤家。母亲的疑惑我也有，心里想，凭什么要和你一样啊？有时候，我觉得自己挺坏的，也想乖乖听母亲的话。可正想俯首帖耳，偏偏又有个小人跳出来，不许我听话。于是，总是觉得别别扭扭的。

我不知道自己身上究竟发生了什么，总想和母亲吵架，我还感到身体里的血液在逐渐凝固、暗淡。我马上要到 16 岁了，人家说 16 岁是花季，可我青春的血液却似乎越流越慢。

我还没等母亲骂完，就跑出了院子。

院门正对着后海。后海里的水结了一层薄冰，在冬天的太阳下反射出脆弱的光。我抱着手臂，靠在后海边的石柱上，情绪很糟，心里对母亲充满了说不出的怨愤。这时候，我听到了一阵敲打声。

循声望去，我的眼前一亮：就在几步远的地方，不知什么时候冒出

了一家颜色鲜艳古里古怪的小店。我想那应该是个小店，木门上画了一条比人还高的黄黑相间的大鲤鱼，外墙被漆成了天空一样的蓝色，上面镶了几十个花花绿绿的瓷盘，房檐上还搭出了个橘红色的凉棚，吊了些风铃之类的叮叮当当的小玩意儿。店招牌好像是木头做的，也有一人高，插在门外的泥地里，上面写——

玉子手工制作

我努力地想了一下，才回想起这个小店所在的房子原先是邻居空关了很久的破败的老屋，才十来个平方米，如今，它"老母鸡变鸭"了。

蹲在地上敲打的是个女人，女人的背影吸引住了我的视线：她上身穿了件半新不旧的皮夹克，背上靠肩胛的地方画了一处手绘的牡丹——我敢保证是画上去的，下身穿一条水红色的大花裤子，头上扎了块同色系的包头布。我敢说，整条街，没有其他女人敢这么穿戴。

她正在往墙上钉一个漂亮的房子形状的信箱，那信箱的位置特别矮，刚好够到站在她边上的小男孩的肩。那小男孩四五岁的样子，估计那信箱是为他装的。

女人发现我在看他们，就冲我笑了笑。她招了招手，让我过去。我迟疑了一下，还是过去了。我不习惯和陌生人说话，但眼前的这个女人似乎和别的大人不一样。她的脸上带有一种孩童的表情，笑起来和她的儿子差不多天真无邪。

我很快知道她叫罗玉子，那男孩叫石头，今年五岁。我问罗玉子，店里头都卖些什么？罗玉子骄傲地说，卖的都是天底下最特别的东西。我朝店里探了探头，果然看到蓝色的架子上摆了大大小小千奇百怪的工艺品。我问，这些都是你自己做的吗？罗玉子点点头，她指着一双小铜鞋说，信吗？这是照着石头三岁时穿的鞋子做的。还有，这些镜框是我和我的朋友一起画的。

我从没见过这么漂亮的镜框，它们被小心地悬挂在架子上，上面画了带有异国情调的图案。还有那些罗玉子亲手制作的草叶纸灯罩，铺展在天花板上的色彩淡雅的手揉纸，让人想到飘飞的云絮，心里便莫名地柔软起来。

这就是我第一次见到罗玉子。我觉得她比我大不了多少，但是按年龄推算，罗玉子至少有35岁。从罗玉子那里出来，我又在后海边磨蹭了一会儿，才回了家。母亲见了我，没做声。我知道她已经消气了，可是我还想着自己说过的话。说出去的话，泼出去的水，我真的下决心不吃母亲做的饭，看谁能坚持到底。

结果，还是我输了。我坚持了3天，趁母亲不注意，偷偷地吃饼干。到了第4天，我觉得脚底轻得打飘了，而且不可遏制地想吃肉、吃虾，最终，我狼吞虎咽地吃下了母亲递过来的鸡蛋羹。我和母亲之间的战争不战自败。

在罗玉子那里，我认识了她的第一个朋友，她叫"猫"。

　　其实罗玉子的小店也像猫的习性，白天打盹，晚上却焕发出异样的神采。罗玉子说，"猫"是她给她起的昵称。我不知道"猫"的真名，估计她比我大不了多少，刚刚高中毕业，没有考上大学。看样子，她也没有上大学的打算。"猫"整日窝在罗玉子的小店里，听音乐，画画。那些日子，她们一直在痴迷地画猫，在墙上，在画布上，在镜框上，她们一边画，一边听一种古怪的音乐，罗玉子说，那音乐来自印度，来自天堂。

　　当整条巷子黑暗沉寂以后，只有罗玉子的小店还醒着，从里面流出温暖的光和音乐。从我的窗口，可以看到从罗玉子的门缝里流淌出的蛋黄一样的光线。我总觉得，那光线像奶酪一样诱人，而我，恰恰像一只馋嘴的小老鼠。

　　那天夜里，我很早就睡了。也许是天热，也许是因为别的，我一直没有睡着，于是，干脆起床，摸黑去敲了罗玉子的门。

　　罗玉子蹦跳着迎接了我。我注意到屋子里还有一个穿黑衣服烫粟米头的女孩，她背对着我，连头也没回。她正在给画板上的猫上色，那猫

看上去很古怪，蓝色的身体，冷峻的神情，还有一双红色的眼睛。

罗玉子说，这是我的朋友"猫"。"猫"这才抬头淡淡地看了我一眼，又将她的视线转到了画上。

我将架子上的东西一件一件地看过去，好奇地向罗玉子问这问那。罗玉子很耐心地回答我，可我总觉得她的话我不完全听得懂。我问她，为什么要把石头的鞋子铸成铜的？罗玉子说，她要记录石头的成长，那鞋子里有石头的生命。我还问，你为什么要做那么多陶制的云豆，它们有什么好看？她说云豆是生命体啊，她热爱一切有生命的东西。

问到后来，我越来越觉得自己俗不可耐，蠢笨不堪。我的每个问题，罗玉子都能用不着边际充满诗意的话回答我。她说的话仿佛在云雾里，你以为听懂了，却还是模棱两可。后来，我听到了"猫"的窃笑。她把画笔往笔筒里一插，调过头来，用一种调侃的神情看着我，她的表情让我感到了一种侮辱。

"你能不能不问这些个'为什么'？""猫"说。

我默不作声地看着她。

"你说说，我画的猫怎么样？""猫"问我。

"像一只妖精。"我尝到了报复的快感。

"谢谢你的夸奖，我就是要这样的效果。""猫"快活地说。

说着，她把画框挂到了墙上，后退几步，自我陶醉地欣赏起来。她们没有再搭理我，我在藤椅里坐了一会儿，就起身告辞了。说实话，那个晚上，我觉得有些无趣，可心里却充满了探究的欲望。我想我遇到了两个奇怪的人，她们的生活她们的脑筋和我们普通人太不一样了。我们生活在人间，她们生活在天上。

罗玉子很快就引起了人们的注意。她扎着包头布的形象犹如一抹浓重艳丽的色彩，吸引了所有人的视线。从每天在巷口卖酸奶的大妈，到扫尘的外来妹，都知道后海边来了个奇怪的女人。他们起先是探究她有没有老公，曾经做过什么工作，接着又对她的经济状况产生了兴趣。后来，人们终于得出了一致的结论：她曾经结过婚，但现在和老公离婚了，她没有固定工作，并且也没什么钱。

我想，人们的结论基本是正确的。罗玉子和"猫"曾经带我去买过东西，她们去的是批发市场，在那里买廉价的绘画用品，罗玉子还说起，有一回她在小摊上看中一只 30 元钱的玩具猫，可是她没买，因为兜里没钱。才 30 元啊，罗玉子说的时候，我有意看了看她的脸，她看上去很平静，经济上的拮据似乎一点都没能影响她的情绪。不知怎的，想起了我的母亲，自从父亲和她离婚后，她就成了一个受伤的怨妇，总觉得自己是弱者，就怕给人欺侮。有一回，父亲的抚养费晚到了几天，她一天打 5 个电话去催。我说你烦不烦哪，母亲咬着牙说，你懂个屁！母亲常常让我感到紧张，她好像被什么箍住了一样，而我，又被母亲箍住了。

我和罗玉子她们的亲密关系很快引起了母亲的不满。那天，正吃着饭，母亲突然说："你以后少到罗玉子那里去。"我说为什么啊？"近墨者黑，你知道那个烫鸡窝头的姑娘是什么底细吗？"我扑哧笑出来："什么鸡窝头啊，是粟米头。"我知道母亲指的是"猫"。

"我管她什么头，她呀，大学考不上，给父母赶出来啦。她父母都是大学教授，却偏偏生了这么个顽劣的女儿……"母亲说。

"你怎么知道？"我很惊异于母亲的侦探本领。

"你别管，反正，你以后少去那儿！"母亲用命令式的口气说。

"可她画画很棒。"我说。

"会乱涂乱画有什么用！"母亲轻易地把我顶了回去。

"要是我考不上大学，你也会赶我出去吗？"我试探道。

"当然！这年头，不上大学还有什么出路！"母亲正色道。她的语气让我觉得再无转圜余地，我不再做声，闷头喝汤。

"看着吧，罗玉子收留这么个人，迟早会有麻烦。"母亲预言说。

母亲的话很快得到了应验。那天下午，我放学路过罗玉子的店门口，听到里面传出争执的声音。门口已经围了一圈人，正屏息静气地在那里看热闹。我也挤了进去。

除了罗玉子和"猫"之外，屋子里面还站着一男一女两个中年人，都戴眼镜，穿得一丝不苟。他们站在一起，好像传统遇到了现代。"猫"侧过一边脸，站在角落里，脸上是特别不情愿的表情。我猜，那两人一定是"猫"的父母。

"你这么纵容她，你能对她的将来负责吗？""猫"的父亲说，口气还比较平和。

"是，我没法负责，可你们有能力为她设计将来吗？她为什么不能选择自己的生活？"罗玉子不紧不慢地说。

"你根本没有权利指责我们，她是我们的女儿！""猫"的母亲激动起来。

"是啊，她是你们的女儿，可你们生她下来，她就是个独立的人，她不是你们的财产！"罗玉子也不示弱。

"你有什么资格来教训我们？看看你自己吧，你有什么？你给人扔了，窝在这么个破屋子里，把你自己管管好吧！"没想到知识分子也会口不择言。

"别吵了！""猫"大叫一声，从角落里蹿出来，不顾一切把她的父母往外面推搡，"你们走，走，我跟你们回去就是了！"

"猫"以最快的速度把她的父母推了出去，她始终没有掉一滴眼泪，我从心底里佩服她的坚强。更让我佩服的是罗玉子，他们一走，她就打开了音响。幽雅神秘的印度音乐在小小的屋子里回旋游荡，空气顿时沉静下来，仿佛什么都不曾发生过。

看热闹的人渐渐散了。罗玉子看见我站在门口，冲我笑了笑，她指着墙上一个巨大的画框说："你看，是'猫'画的，多么神奇漂亮啊！"画框里蹲着一只神秘诡异的红色的猫，它闭着眼睛，表情特别温柔甜蜜。

从此，"猫"像水汽一样从罗玉子那里蒸发了。我曾经问过罗玉子"猫"的行踪，她很神秘地看了我一眼，说"猫"去旅行了。"她去偏僻的地方，寻访制陶的人，做一个民间艺术家，那是'猫'的理想。"罗玉子说，她用手抚摩了一下手边一只蓝色的泥猫，她说那是"猫"的作品。

我想起一直有一个问题没有问她："你们为什么那么喜欢画猫呢？"

"嗯，"她沉吟了一会儿，说，"猫很灵敏，它可以在地上走，还可以爬到房上、树上，而且猫有九条命，摔不死。做一只猫多好，多自由啊。"

"可是猫是人养的。"我找出了她的破绽。

"为什么要做一只家猫呢？做一只野猫不行吗？"罗玉子说着，睁大了眼睛，她的目光在灯光下灼灼逼人。

"你怎么像个姑娘一样？你和我妈妈一样，都离了婚，为什么我妈妈总是愁眉苦脸，你却每天都很快活？"我大着胆子问。

"离婚有什么不好？我离了婚，我就有了自由。"罗玉子说。

"可是你没有工作。"

"要工作干吗？我现在多好，没人管我，想干什么就干什么，我又不需要很多钱。"罗玉子说。

我忽然觉得自己有些蠢，那些问题到了罗玉子那里都不是问题了。她的小店里有时会有零星的客人，一般都是老外或者是观光者，他们中的有些人喜欢她做的东西，就买下了。我知道那些东西都卖得不贵，几元或几十元一个，最贵的不过两三百元。这样一想，罗玉子似乎也不会太穷。至少，她每天能喝上一瓶酸奶。

不久以后，一个男孩出现在罗玉子的小店里，他叫左耳，是罗玉子的新朋友。我想起罗玉子曾经说过，她喜欢不断结交新朋友。而我，不过是罗玉子窗外的一双眼睛，一个常常在远处观望的人。罗玉子没有把我当作她的朋友，但每每和母亲吵了嘴，我都喜欢到罗玉子那里去寻求庇护。因此，母亲对罗玉子的成见也越来越深。她们俩没有正面说过话，我也刻意不让她们有说话的机会。直到左耳来了。

左耳也没有职业，好像读到高二就退学了。目前，左耳正在进行一项艰苦而有意思的工作，成天扛着迷你摄像机在街头拍记录片，晚上就来罗玉子这里画画。他和罗玉子很说得来，常常说着说着就大笑起来，收也收不住。左耳待我要比"猫"友好，他好像知道有"猫"这个人，有一回，他央求罗玉子，希望将来三个人能成立一个艺术工作室。罗玉子不置可否，左耳说话时，她正在给澡盆里的石头洗澡。石头在澡盆里一刻不停地甩动四肢，不断地将水泼出来，但罗玉子没生气，还是很耐心地往这孩子身上撩水。我也站在澡盆边，我们身后是一只烧得火红的暖炉。左耳见罗玉子没什么反应，就凑过来和我说话。

"我想请你帮个忙，"左耳说，"我想给你拍片子。"

"给我拍片子？拍什么？"左耳的建议让我觉得又好奇又兴奋。

"拍你和你妈妈吵架。"左耳说。

"亏你想得出！"我有些生气，别过脸去。

但左耳并没有放弃，像只苍蝇一样在我的耳边磨。他说了很多理由，说真的，有些理由还真让我动心，他说他想表现两代人的冲突，呼吁成年人对我们的理解。他还说，他要去参加一个微型记录片大赛，如果得了奖，我就成明星了。

每个女孩都想做明星，我承认，左耳的最后一条理由把我说动了。我答应试试。可是拍摄的难度很高，我相信，母亲说什么都不肯在片子里丢人现眼。左耳说没关系，他有办法。

以后的几天，左耳有一半时间扛着迷你摄像机猫在我家门口的大槐树上，伺机而动。而那几天，我和母亲之间特别平静。我问左耳这两天都拍了什么，左耳神秘兮兮地捂着摄像机，说到时候就知道了。

幸好我和母亲都没让左耳等太久。在一个平常的日子里，母亲背着我检查了我的书包，在里面发现了一支口红。当时，我还在床上睡懒觉，母亲举着证据冲了进来。

"起来，这是哪儿来的？"母亲怒气冲冲地说。

不就是一支口红吗？"我轻描淡写地说。

"还犟嘴，你说，哪儿来的？小小年纪就涂脂抹粉，哪里还有心思学习！"母亲振振有辞地说。

"这跟学习没关系！"我从床上坐起来，眼角瞥见左耳不知什么时候已经扛着摄像机溜了进来。也许是因为这个缘故，我表现得比平时更激烈。

"怎么没关系？你会分心，成绩会下降，考不上高中考不上大学，看你怎么办！"母亲对身后的镜头浑然不知。

"现在是什么年代了，还用老一套教训人。妈妈，你为什么样样都要和学习或前途挂起钩来，有这么严重吗？"

"怎么不严重？考不上大学，就找不到好工作，就跟那开小店的女人一样。"母亲搬出了个反面例子。

"开小店怎么啦，为什么一定要找工作？我还羡慕罗玉子呢，那么自由，那么自我。"我说。

"好啊，你现在会说话了，有本事你别问我要零花钱！"母亲动不动就拿钱来压人。

"我才不要你的零花钱呢，我去打工，自己去挣！"我看见左耳离母亲只有一步开外，真担心母亲发现了他，我想不出母亲会有什么反应。

噩梦瞬间就发生了。母亲一转身，便看见了身后那个黑洞洞的镜头。她先是吓了一跳，很快就明白了一切。左耳与母亲尴尬地相视一笑，别转身就往外逃，一边逃一边没忘了把镜头对准母亲扫。

母亲很快就去找了罗玉子。那时，左耳已经逃之夭夭。

母亲质问了罗玉子很多话，比如她知不知道自己引狼入室，还说她不希望我和罗玉子接触，因为这样可能带坏我。罗玉子一直安静地听，没有辩驳，也没有解释。母亲说完，罗玉子抬起头，看了我一眼，淡淡地笑了笑，说："您别担心，我很快就会离开这里。"

"那就好，我可以放心了。"母亲冷冷地说。

母亲说这话的时候，我真的很恨她。可罗玉子脸上一点都没有生气的样子，她手中的笔一刻都没停，她在画一只红色的猫，那颜色像火一样炽热。

几天后，便证实了罗玉子那天说的话。我经过她的店门口，看见她和左耳正在往外搬东西，门外停了辆卡车。我站在不远处看着罗玉子，觉得双腿软塌塌的，心里有个发毛的缺口，觉得很对不起她。罗玉子穿了一身牛仔服，头上扎了块蓝白相间的包头布，看起来很精神。她走过来，拍拍我的肩，说："我本来就准备走的，和你妈没关系。"

"你去哪儿？"我问。

"去山里，我在那里开了个窑，做陶器。"罗玉子快活地说。她总是做一些出其不意的事情，脸上永远是一副超凡脱俗甘于寂寞的样子。

　　我看着罗玉子帮着工人搬东西，心里很不舍，整个人好像突然抽去了支撑的东西。当最后一样东西装上了车，我依然站在那里。我想，罗玉子离开这里，意味着这条灰暗的巷子不再有鲜艳的色彩，寂寞的夜里不再有温暖的灯光，沉闷的空气里不再有轻灵的音乐了。想到这里，我有些伤感。

　　罗玉子朝我走过来，手里拿了个木制的东西，那是一个画框，里面蹲着一只神态悠然的红色的猫。"送给你。"罗玉子说。我接过来，看了看那只幸福的猫，眼泪要下来了。

　　"哦，可千万别流眼泪。"罗玉子夸张地调侃道。转过身，关上了那扇彩色的木门。

　　左耳走到我身边，悄悄地说："明天下午两点，在木雕酒吧，放我的片子。过来看吧，你是主角。"

　　第二天下午，我去了木雕酒吧。这是我第一次去酒吧，那里有些简陋，可气氛是暖融融的。我遇到了左耳和罗玉子，他们站在那些人里面，

似乎和周围的人很协调，这是我的新发现。左耳告诉我，他的片子排在第一个放。

左耳的片子叫《无题》。镜头拍得摇摇晃晃的。我先是看见自己平常的一些生活场景：每天准时去上课，趴在桌子前写作业，在罗玉子那里解闷，到小吃摊上买糖葫芦解馋……接着看到母亲的生活场景：急匆匆地回家，围着围裙做饭，在集市里和小贩讨价还价……我正纳闷着左耳是怎么拍到这些的，画面上出现了我和母亲争执的镜头。在画面里，我蓬着头坐在床上，样子特别丑陋，说话的声音也很尖细，听起来和平时不太一样；母亲出现在画面里的始终是她的背影，她的背影看起来很高大，时不时地把我的脸遮住。可能是因为拍摄角度的缘故，母亲的身影在画面中显得特别庞大，而我就显得有些遥远和渺小。这场争执自然是以我的失败为终结，最后一个镜头是母亲的背影遮住了整个画面。然后，片子就完了。

我明白左耳是想说什么意思，但我并不很满意，因为他把我拍得太丑了。片子放完了，左耳凑过来问我感觉怎么样，我说不怎么样。左耳有些失望，说他以后一定能拍一部更好的。看他的表情有些惨淡，我起了恻隐之心，安慰他说，我特别佩服他能拍到一些不容易拍到的画面，我说他像一个高明的侦探。左耳的脸上才稍稍有了点喜色。

我很快就和他们道别了。因为母亲在等我吃晚饭，我不想回去晚了，又挨骂。正是深冬的时候，路边的泥土都给冻住了，树枝颤颤巍巍地伸向空中，发出无声的叹息。想到回家，我的心里就产生一种莫名的紧张感，仿佛要去投奔一个暗淡的前程。

从那以后，我再也没见过罗玉子和她的朋友。后来的日子，我有时会淡淡地想起他们，猜想他们可能正在某座深山里，过着悠闲而神秘的隐居生活。

3年后的夏天，我在高考中落榜了。母亲哭得呼天抢地，仿佛家里有了丧事。落榜，是我早就想到的，因此，并没有太伤心。我漠无表情地看着母亲悲痛欲绝的样子，忽然想起了罗玉子。是的，谁都要考虑将来的生活。我也不知道罗玉子他们怎么会在这个时候闯到我的脑海里来，我挺想他们的，真的。

写于 2002 年

致 T——

　　我们向往自由，可是，自由的获得是有前提的，且是需要付出代价的。这代价，便是真实而艰辛的生活历练。

　　自由不是泛滥，而是节制；自由的本质，不是索取，而是奉献基础上的得到。

　　自由固然能让人摆脱以往的束缚，成为自己的主宰，但是，之于未谙世事的少年人，自由却往往让你失去原有的安全感，让你感到孤独和无能为力。

　　可是，再也没有退路。

　　因为人的成长是不可逆的，人不可能再回到母亲的子宫里。你只有勇敢地往前走。珍惜当下，更爱生活。

致成长中的你 III
时间的馈赠

之五
出逃

A

这个时候，米籽是站在舞台的最后面的。在合唱队里，这个位置最不显眼也最隐秘，米籽眼皮底下的那些黑发被简陋的舞台灯光照得油亮而且炫目，那些脑袋随着节奏摆动着，像一群排着横队的小鸭子。米籽感到有些好笑。

班主任萧在观众席上神情紧张地盯着他们，为了在这次全校的文艺汇演中得奖，萧已经放弃了几十个和独生女儿团聚的夜晚，她的神经像悬在钢丝上的小人，为她的班级能出奇制胜殚精竭虑。米籽觉得萧也很可笑。

而此刻，米籽就像个局外人那样站着，嗓子那儿痒痒的，她听见四周环绕的旋律竟是那样的刻意和娇情，那些音符犹疑着从正发育着的嗓子里挤出来，带着一丝丝的惊吓和羞怯。他们这样唱着，不是为了自己，而是为了班主任萧，为了那种让米籽瞧不起的东西。米籽就是在此刻冒出恶作剧的念头的。那个念头像个出其不意的魔鬼，潜入米籽的心里，然后它

就膨胀开来，甚至不及米籽思考。一个怪而尖的跑调的声音便从舞台的最后猝不及防地游出来，那声音像在玻璃上划痕那样刺耳和惊心，又如裂帛那样令空气颤抖。台下的观众顿时神色大变，萧老师甚至差点晕厥。

初三（1）班的合唱泡汤了，这一点已不言自明。

其实，米籽在发出怪声的那一刻已经后悔了。她不明白，为什么这一阵自己的行为总是不能配合大脑，它们像两个不相干的甚至怀有敌意的小人，常常打架。

汇演结束时，米籽逃也似的第一个溜出礼堂。她感觉后背正吸附着萧老师气急败坏的目光，那目光追着她，恨不得撕碎她的衣服。

米籽逃，必须逃得远远的。

她的同学们拥了出来，米籽能感觉到背后那些幸灾乐祸的指指戳戳。他们议论着刚才那出其不意的一幕，甚至带了无法掩饰的快感和满足。米籽明白，从初一到现在，她从来都不被认为是个好女孩，她被隔离于一个正常的圈子之外，做着充满了叛逆的梦。但是米籽悠然自得，尽管有时会有那么一丝失落。

　　这个地方不是属于她的，米籽觉得。米籽想起，自家屋后的那个自制的秋千。两年前，她央求爸用做木工余下的木板，在两头拴上两根粗麻绳悬在大槐树上，这便是秋千了。米籽踩上木板，弓着身子，试图让秋千荡起来，却怎样也荡不高。米籽有些恼，觉得这脚下的秋千就像她圆不了的梦，活像一只粗笨的鸟。

　　米籽并不明了自己究竟要什么，她只感觉自己的心自己的身体都和这个闭塞的墨守成规的地方格格不入。米籽看见，在酗酒的爸爸通红的眼睛里，在妈妈逆来顺受的疲惫的叹息里，他们的生命正在一点一点地耗尽。想到这个，米籽就忍不住想哭。

　　米籽逃进了家门。是的，她闯了祸，萧老师饶不了她的。

　　爸红着脸坐在桌边，桌上的酒瓶空了，空气里散逸着劣质酒刺鼻的酒精味。妈窝在墙角哭，她的腿边是一只被摔歪的破凳子。米籽听来，妈的哭声就像丧钟，让空气中沮丧和绝望的成分迅速发酵和稠厚。米籽没有像往常那样去安慰妈，而是摔门进了自己的屋子，门把妈的哭声撞了回去。

　　"我的命怎么这么苦哟——"妈拖长了声调哭。

　　米籽烦，烦得很。明天，萧老师一定会找她，说心里话，米籽完全能想象自己的行为给萧老师造成的伤害，可是，她不会涎着脸说自己如何如何后悔，那样做的话就不是她米籽了。

　　妈还在哭，接着，又听见玻璃的脆响——爸将酒瓶砸在了墙上。

　　米籽的心猛地一颤。出走吧？米籽被突然冒出来的念头吓了一跳，但那萌芽的念头并没有给吓回去，反倒不可遏制地疯长起来。

走吧！走吧！出走是需要勇气的，米籽的勇气其实早就开始酝酿了。现在，她终于等到了合适的契机。

不知怎的就来了动力，而且它是那样强烈和不可阻挡，米籽从床上翻身跃起，找出纸和笔。米籽在纸上写道：

爸爸、妈妈：

我决定离开这个地方，没有人可以阻止我，我想去寻找一种我喜欢的生活。你们还在争吵，我不想打扰你们，但我真的好希望你们别再吵了。

我在学校闯了点祸，别担心，不是大的过错。相信我，我不是坏女孩。

在外面，我会照顾好自己。必要的时候，我会与你们联系的。

信短得不能再短，写完最后一个字，米籽才恍悟，这回，她确实是当真了。她要走出这个家、这个让人窒息的地方。

这天晚上，米籽若无其事地和父母哥哥一起吃晚饭，她对自己的打算只字未提。

吃完饭，妈说，米籽早点睡吧。她已经不哭了，麻木的生活让妈随时都能忘记伤心。

米籽应了一声就关上了门。

这一夜特别漫长。

昏暗的白炽灯光下，米籽对照着备忘录收拾该带走的行李，她的心情异乎寻常地冷静。除了带上日常生活用品外，她还往包里塞进了一本三毛的《撒哈拉沙漠》，三毛是米籽的偶像，她向往三毛行云野鹤般的生活和她的奔放个性。米籽还带上了还未上交的 150 元学费以及她的小学毕业证书——这是她唯一的文凭——这就是米籽出走的全部家当了。

夜半，米籽被体内蛰伏的某种东西蓦然惊醒，爸和哥此起彼伏的鼾声穿墙而过，静夜里仿佛潜藏着无数不安分的闪烁的眼睛。米籽在温暖的被窝里打着寒战，心里一边为未知的明天激动，一边却又嘲笑着自己孩子气的激动。

五更天时，米籽再一次惊醒。她摸索着起床，背上了她的牛仔包。在她小心地将诀别信从父母的门缝里塞进去的时候，她的心紧张得几乎碎裂。

米籽掩上门，以百米冲刺的速度逃到了空无一人的街上。星星还睡着，街道还睡着，这地方的人还睡着。他们醒着的时候和睡着也无甚大的差别，米籽被自己的想法激动了一下。现在，她就要走了，就在走的一刻，米籽心里却有点起毛，因为此刻的心情与她原先想象的有一点不同，她原以为憧憬了三年的流浪生涯一旦迈步便将如"壮士一去不复返"般的慷慨，可真的将梦想兑换成现实的最后关头，却发现自己仍在作种种挣扎。

米籽将头往后仰起，她的头发触到了自己的背脊，痒痒的。她轻轻地笑了一下，少女常常是这么笑的吧，纯得像阳光下闪耀的玻璃。米籽笑自己的犹豫，她有力地迈步，想把所有的怯懦抛在脑后。

一辆三轮车从雾色里驶过来，米籽果断地冲车夫招招手。她轻松地跳了上去，用好听的声音对他说，去火车站。

B

出逃是没有目标的，唯有离开才是真正的内容。米籽懵懵懂懂地随着候车的人上了开往省城的列车。几乎所有人的目光都在她身上逗留一会，夹杂着怀疑和猜测。米籽在上车的最后一刻，回头望了望昏暗中的车站，心底模糊地滑过一个声音：就这样走了吗？外面的世界你知道多少？而你的能力又有多大？

这声音有些陌生，颤颤地响起，即刻又随风飘散。

车动了起来，窗外的景色逐渐明朗。米籽却闭上眼睛，耳边响起那首忘了歌名的歌词：别找我，在寻人启事中，我已经迷失了自我……

C

一个大学生模样的女孩一直盯着她看，看了十分钟后她终于忍不住问米籽怎么会一个人坐火车。

米籽犹豫了一下，马上说家里穷，母亲又病了，她必须去省城找份工作赚钱养家。米籽话到嘴边就有些后悔，在开口说话的一刹那，米籽并不想胡扯，没想到说出来竟成了谎话。她原来设想会在大学生那里找到共鸣，大学生会同情她，毫不犹豫地支持她。

大学生同情地望着她，很善良地说，到省城她可以为米籽提供帮助。至少，她可以带她去职业介绍所。在这个穷地方，常有人出外打工，见怪不怪。

一路上，米籽和大学生聊得很投机，她暂时忘了出走带来的种种忐忑和焦灼。大学生穿着件格子外套，棉制的，胸前的纽扣敞开着，露出里面黑色的毛衣。米籽喜欢那份随意和自然，她看了看自己身上大红色的尼龙棉衣，不好意思地笑笑。

快近中午的时候，列车到站了。米籽跟着大学生出了站，坐上了一辆中巴。大学生热情地替她买了票，下车后领着她七拐八弯地找到了一家职业介绍所。她在那里为米籽求得了一份糖果厂的工作，不管怎样，这份工作比当保姆强得多。说是马上就可去上班。

待一切停当下来，大学生才拍拍米籽的肩，说该走了。

米籽感激地冲她笑笑，目送她的身影消失在视线里。等缓过神来，米籽才想起忘了问大学生的名字了。这时候，"萍水相逢"四个字不知怎的就凸现出来，米籽咬了咬牙，对自己说，留下来吧，就在这陌生的城市，反正自己也一无所有。

D

就这样去了那家糖果厂，出走的当初，米籽未曾想到会是这样的情景。糖果厂座落在郊区一条僻静巷子的尽头，一溜简易平房映衬着苍茫的天，这就算是厂房了，对面就是职工宿舍，一样的平房，只是更显寒碜，没安装玻璃的窗户上遮一破麻袋挡风，屋子中央摆着十多张双层床，地上遍布斑驳的水泥和石灰，空间里壅塞着潮湿抹布和烟熏气混杂的味道。

老板娘是个干瘦的南方女人，说着米籽不太懂的方言。她伸手要走了米籽的小学毕业证和 30 元钱做抵押。她对米籽说话的时候，脸挨得很近，那张脸就在米籽眼里变了形，好像铜汤勺反面照出来的脸，两头小中间大，古怪得可笑。

米籽憋着气息听她说完了话，就跟着老板娘走进了厂房，边走边提醒自己别被吓到：一切刚开头，我可不是出来享福的。

原来所谓的糖果厂不过是间制糖的半手工半机械作坊而已，干活的工人大半是和米籽差不多大的女孩，最小的甚至挂着两行清涕。她们默然地低头干活，仿佛并不知晓米籽的加入。

米籽开始在身边阿婶的帮助下学习用那些花花绿绿的玻璃纸包糖果。阿婶说，这儿的工钱是论斤计的，糖果包完后过秤，每斤 7 分钱。包得最快的是坐在米籽对面的 13 岁女孩小美，她每月可赚 1000 多块。米籽抬眼看了看小美，她细小的手上如彩蝶翻飞，那简直不是人的手，就像被编好了程序的机器人的手。

米籽内心正被一种莫名的新鲜感和跃跃欲试的勇气包裹着，她暗暗给自己定下目标——尽快在速度上超过小美。

时间拖沓着向前，重复着同一个动作，米籽的手指几近僵硬，收工的时候已经是夜里十点半了。

她和大家打着呵欠走回宿舍。宿舍里黑暗着，没有灯，借着月光可以隐约照见那些疲惫的但很青春的脸，那些脸睡意倦怠，像一张被水洇过的宣纸。不知怎的就亮了灯，原来刚才是停电了，但依然是幽暗的，照得人影影绰绰。大家已没有闲心聊天，有的干脆洗都不洗就倒在床上，不一会就发出了沉重的鼻息声。

米籽找到了自己的上铺，爬上去，床架凉得像块冰。幸好盖的还是棉被，底下垫的却是厚纸板，把身体缩进冰窟窿似的被子，米籽觉着自己的脚也成了冰坨。

灯熄了。风从窗缝里漏进来，唱着古怪而诡异的调子。米籽累极困极，睡意一阵一阵地压上来，她又拼了命地将它推回去。不能就这样睡着啊，米籽知道还有那么多沉甸甸的心事醒着，等着她去想。它们吵嚷着，不让她就此睡去，她担心着那个逃离的家是否正因她而乱作一团，还有她的那个学校，她的出走会是一个颇具冲击力的爆炸新闻，不知怎的就听见了妈拖长了音的哭声，那声音仿佛离得很近，还伸出一只无形的手来紧拽米籽的心……

E

好像是只睡了一会，米籽就被监工的哨子声惊醒了。天还蒙蒙亮，一看表，五点都不到。大家都不做声，静静地穿衣起床，就像一些拧好

了发条定了时的玩偶。现在，米籽也成了这样的玩偶。

米籽跟着小美去厂房后边的小河洗漱。她问小美上过学没有。

小美说上到小学毕业就来这里上班了。

还想念学校吗？

小美摇头。

在这里干很苦的，你怎么会来的，是你家里人让你来的？

不，我自己要来的。

小美侧脸看了米籽一眼，疑惑的样子。看完，就不问了。

河水冷得刺骨，风刮在脸上更是冰冽的。米籽撩起一捧水来洗脸，浑身一激灵。河上映着泛出鱼肚白的天空，还有附近工厂烟囱和厂房的倒影，这陌生的一切忽然让米籽意识到，此刻她面临的是一种完全不同的突兀的生活，不同于她在家的每一天，不同于她原先的想象。

而这一切真切得近乎残酷。

她们又坐回到那张沾满糖浆黏糊的长桌旁继续工作，隔壁车间里响起了制糖机器的轰鸣声。大约过了七点半，监工才来叫大家去吃早饭。

　　早饭是粥和白馒头。米籽的胃口很好,吃着吃着,脑中依稀晃过外国电影里一群孤儿在修道院里进食的场景,幽白的灯光、光秃的长木桌……这一切是如此相似,充满了暧昧冷峻的气氛。

　　这一天,米籽的干劲挺大,她告诫自己必须尽快接受熟悉这种生活。我出来是为了什么?米籽答不清楚。但是哪怕目的不明,出走本身对米籽就充满了令她战栗的诱惑。

　　一天下来,米籽包了70多斤糖果。这个时候,米籽已经将出门前的浪漫想法置之脑后,她边重复着机械动作边盘算着先在这个简陋的地方赚够钱,然后再另做打算。

　　既来之,则安之。我不会白出走这一回的。米籽对自己说。

F

　　这天傍晚,老板娘又领来了一个女孩,叫和平。和平是安徽人,是正儿八经地从家乡跑出来打工的。和平就坐在米籽边上包糖果。

　　和平有着一张过于丰润的脸，皮肤薄得像糯米纸。她胖胖的笨拙的手在米籽眼前一晃一晃。监工把堆成小山的糖果推到和平面前，米籽看见和平的胖手哆嗦了一下。也许因为都是初来乍到，米籽对和平有一份天然的亲近，她主动和和平搭话：

　　没事，我是昨天才来的。刚开始手也笨，这不今天就好多了。对了，你多大了。

　　十五了。和平别扭地给手上的一粒糖果穿上衣服，过了两秒钟才回答她。

　　那我们一样大。米籽说。

　　你干吗出来打工？和平好奇地盯了米籽一眼。

　　我是逃出来的。

　　瞎说。和平看也没看她，明摆着不信。

　　收了工，米籽熟门熟路地带和平回宿舍。和平一进屋就傻眼了，嘴上虽不说，表情却是充满了抱怨。一直到上床睡觉，和平都一语不发。说实话，米籽有些看不起和平，既然是出来打工的，就得吃得起苦。可是虽这么想，和平的眼泪多少还是影响了米籽。和平说，在这种破地方，什么时候能熬出头啊。

　　米籽不作声。她想，我出来可不是为了流泪的。她躺在床上数着天花板上的洞眼，听着隐约传来的和平克制的呜咽声，米籽竟感到一种莫名的振作：当一个无助的人看到有人比她更无助时，她的心里多少会有些安慰吧。

什么时候能熬出头呢？和平嗫嚅道，又像是在梦呓。那句话又针锥似的扎了一下米籽的希望，她忽地从昂扬的斗志的顶峰跌落下来，心也空落了一般。

是的，在这个年龄，米籽连自己都不知道自己是怎么回事。

G

元宵节的晚上，厂里破例放了假。这是米籽出走的第四天。

米籽、和平，还有小美结伴去街上玩。从那条又窄又长的巷子里走出来，是一个露天剧场，好些人围在那里看电影。放的是影片《妈妈再爱我一次》。

这部片子米籽看过一遍了。那一次是学校包场，在一个简陋的电影院里看的。电影挺感人，有几次，米籽的鼻子一阵阵地发酸。就在她即将流下泪的时候，她听见了四周此起彼伏的抽泣声，有一个声音突兀着，甚至到了悲痛欲绝的地步。米籽就把自己的眼泪收了回去，心想至于这样吗？她甚至觉得那些哭泣的人有些可笑，这么想着，她的嘴角就挂着一丝笑，甚至要笑出声来了。

而这一次，米籽是和她打工的姐妹一起在街头驻足观望。她们刚刚唱了几首流行歌曲，唱得嗓子痒痒的，唱得情绪激动。现在，她们不约而同地停下来，被那部苦情的电影吸引了。

米籽静静地站在那里，这一次，她竟被剧情抛至了伤感的谷底。她终于放纵了自己的脆弱，抛弃了难为情，抛弃了虚幻的好强，她躲开和平和小美，在人群的一角流下了伤心的泪。长这么大，这是她第一次泣不成声，像一个无助的婴儿。

影片中唱：没妈的孩子像根草。米籽在心里唱：流浪的孩子像根草。难道是我错了？可是米籽无法让自己认错。因为她缺少一个回头的理由，没有一个可以让她下的台阶。

电影散场了，三个人默默地往回走。米籽看见她们两个的眼里也含着莹莹的泪光。米籽记起，书里说，女孩的心里是储满了水的，一旦心受伤了，就会流下那珍珠的泪。这样的泪水很珍贵，可是这些泪为谁而流？为自己吗？很多事情是自己一手造就的啊。

在月色里，听见小美喃喃道，我真想回去上学。

米籽心一紧。光秃的树的枝干从头顶伸过来，把圆月割成了数瓣，透着夜的凄凉。米籽的眼前浮起了家里那盏温暖的灯，她看见白瓷碗里漂浮着的白白嫩嫩的元宵，妈妈又往米籽的碗里添了几个，爸抿了口白酒，脸上是满足的表情，这时候，门外爆竹声声，开门出去，便见一地

碎红……这是去年的元宵节。

H

不出两天，厂里就发生了一件事，这件事对姐妹们的触动不小。

从前一天晚上开始，小美就没了踪影，直到翌日早上还没有出现。据说，小美向老板娘辞了工，说是要回家念书去，不干了。

一整天，大家都在议论小美的事，有说可惜的，也有说就该这样，哪能这么小就出来做工？米籽听着大家七嘴八舌，没吱声，心里却不平静。

这夜，米籽辗转反侧，想着小美的事，总觉得这事和自己切身相关。

第二天一大早，小美又出现了，她被父母送了回来。路过食堂的时候，米籽听见小美的父母大声对老板娘说，读书，读书有什么用，一个大学生赚的钱还不如咱家小美多呢！

开工的时候，小美在米籽对面坐着，依旧是手脚利索，可她的小脸惨白着，一天无话。米籽同情地望着她，不禁想到自己，我何尝没有羞

视过文凭藐视过读书呢？小美是想读书却受迫于父母而不能，我是能读书却可笑地做着反叛的梦，宁愿逃离父母逃离学校在外无谓地流浪⋯⋯

米籽笑自己是天下第一号大傻瓜。晚上，她在入睡前趴在枕头上给家里写信。她觉得自己正浮在那些此起彼伏的气息上，那是一些与她同龄却远没有她幸运的女孩。她们已经沉入梦乡，她们的明天会和今晚一样苍白。米籽写着信，一如出走前写诀别信那样冷静。一直不肯低头认错的她没有在信里说半个"悔"字，她只是像个远行的孩子那样报着平安。不过，她没忘了在信封上留下这儿的详细地址。

I

将信投入邮筒的那一刻起，米籽就有了期盼。她隐瞒了她的期盼，一旦她说出来，就意味着选择了投降，这便不是米籽了。

但从这天起，米籽就有了意气风发的样子，米籽在期待什么，她也说不清，或者说，她是不愿说清的。

那天早晨，米籽起床后像往常那样去河边洗漱，河水带了春天的气息，已不是彻骨的冰凉。她将脸埋在毛巾里，嗅到了青草的清香。一抬头，便看见晨光中的河边那张灿烂的笑容——哥哥就在她的身后微笑地望着她——这是她 10 天里第一次见到那么灿烂的笑脸。

几乎是什么话也没有说，米籽回屋收拾了东西就跟着哥哥往外走，走出老远，听见和平在门口叫：米籽，你的饭盒！

米籽回头，很欢快地朝她喊：不要了！这时候，米籽已经忘了她做抵押的小学毕业证，忘了押金，忘了该得的工钱，也忘了前几天结识的小美和和平，拽着哥哥的衣袖走出了那家糖果厂，连头都没回一下。她还怕什么呢？现在，她不怕父母的责骂，不怕萧老师，不怕……有时候自己才是可怕的，米籽想。

这一天，恰好是米籽的 16 岁生日，是她在外流浪的第 10 天。

J

你也许想知道米籽以后的故事，其实，那段流浪经历是米籽后来告诉我的。米籽对我说她的故事的时候，已经是个行将毕业的大学生了。那天晚上，我们围炉吃着火锅，就聊起了这个话题。米籽是从北京来的，她打算将来在上海工作，她对这个现代化的都市满怀憧憬，于是毛遂自荐地来我们杂志社实习，我是她的老师，我们相处得像姐妹。

记得那晚，米籽还意味深长地说了一句话：很佩服自己又读了那么多年的书。我说，少年时，我们无论做过什么，那都是值得珍藏的记忆，回首过往，你还能相信自己还是当年那个出逃过的少女么？

那夜的炉火很旺，我和米籽都觉得很温暖。

写于 2003 年 3 月

致 T——

　　并不是每个人的少年时光都拥有朦胧又纠缠的怀想吧？

　　它像什么呢？像缓缓流动的浓稠的晨雾，只是试探着蹑足向前，惴惴不安地担忧着脚下是花香满径，还是暗藏危险的悬崖；又似遭遇溽热的盛夏，满怀焦灼和期待，夏日却永无尽头。

　　但四季轮换，夏日终究是要过尽的。秋凉之时，检视过往种种，会发现，所有的欲说还休、自我折磨、难以名状……居然都有了不可言说的纯真的美，恰如薄荷糖的沁凉芬芳——

之六
薄荷糖

A

不知从哪天开始，早晨出门前，瑞秋多做了一个小动作。她要在镜子前站定一会儿，用上下门牙的牙齿轻咬嘴唇，原本有些苍白的嘴唇因为受了一点小小的"蹂躏"，泛出好看的血色。她朝镜子里的自己笑笑，选定了一个比较顺眼的表情，才背起书包下楼去。

从家里到学校，只需十分钟的步行。一路上，瑞秋都能感觉到嘴唇那里有点火辣辣的，她知道，在进校门前，这种感觉都不会消失。也就是说，她的嘴唇还能保持鲜润的红色。

远远地，就看见戴着值勤红袖章的高凌风老师站在校门口。背后是墨绿色的校门和蓝得空旷的天空，这两种颜色搭配在一起，有一种纯净的伤感。当然，他的背后还浮着一片喧哗，静谧的校园林荫道被闹嚷的声音罩住了，那些声音好像密密麻麻的蚊蚋在耳朵旁边打转。可是瑞秋什么也没听见，她只看见那两种颜色，甚至连高凌风老师的模样也没看清，就慌慌张张地走进学校里去了。

　　走到楼道上还在想，刚才有没有向高凌风老师问好呢？高老师有没有冲她笑呢？应该是笑了的。高老师的笑是他的标志。高老师的脸，还带着一点孩子气，挺而直的鼻子，长长的眼线。笑的时候，眼睛眯起来，嘴角向上翘起，露出白而齐整的牙齿。那是瑞秋见过的长得最好的牙齿。

　　"上午第三节是英语课哦。"同桌雁南轻轻地说。

　　瑞秋不作声。雁南这句含义不明的话里包含了多少内容呢？期盼、忐忑、欢喜。班上的女生都喜欢上高凌风的英语课。

　　"今天高老师穿的那件白色夹克真好看，你看见了吗？"雁南又说。

　　"嗯。"瑞秋点点头，她不看雁南，从书包里拿出课本、铅笔盒、垫板，一样样放到桌面上。

　　上课铃在这时候响起来。瑞秋轻轻嘘出一口气。

　　　　　　　　　　B

　　午后两点的阳光透过木格子窗棂射进广播室。秋季的天空比任何一个季节都要莹澈，那阳光也仿佛过滤了似的，泛着金箔一样的光泽。

　　瑞秋坐在这一片阳光里，身体微微前倾，摆弄着调音台上的旋钮。她的手指从一排卡带上拂过，停住了。那盒卡带外壳上贴着用钢笔小楷写的标签——爱的问候。《爱的问候》，埃尔加的大提琴曲。瑞秋犹豫了一下，取出卡带推进录音卡座，流水般的旋律便在整个校园里流淌了。宽广醇厚的琴声修饰了课间的喧闹，那些嘈杂的声音也好像在音乐声中优雅了、温柔了。在弓与弦轻触的一刹那间，蕴含了多少难以言传的深意呢？

　　"最近怎么老是播这曲子？"背后传来卡佳的声音。

　　瑞秋扭过身子去，看见卡佳用身体推门进来，将一摞作业本放在了对面的矮柜上。卡佳和瑞秋同是广播员，只不过，卡佳念高二，瑞秋刚上高一。

　　"我都听腻了，"卡佳抱怨道，"换一首吧。"

　　说着，她取出另一盒带子，递到瑞秋手里。"王杰哦。"卡佳兴奋地说，"一场游戏一场梦。"

　　瑞秋微微红了脸，换上了卡带。醇厚深情的旋律停止了，空气仿佛被轻轻撕扯了一把，接续上的是王杰忧郁而野性的歌声。

　　"今天高老师有什么指示吗？"卡佳又冷不丁地问。

　　"没有啊……"瑞秋答道。高老师除了教高一的英语，同时也是分管学生会工作的团委书记，广播室的管理自然在他的职责范围内。

　　"对了，想起来了，高老师最喜欢《爱的问候》了。除了这，他还喜欢什么来着……"卡佳又说。

"《维也纳森林的故事》《梦幻曲》《绿袖子》……"瑞秋随口报了出来。

"对对，你记性真好，"卡佳说，"你说，高老师这么年轻，趣味怎么这么老派？"

"我也觉得那些曲子很好听。"瑞秋说。

"是吗？"卡佳侧过脸，打量了一眼瑞秋。瑞秋避开卡佳的目光，探身去看窗外。窗外的树枝上停着一只不知名的鸟，羽毛黑黄相间，很漂亮。许是意识到被注意了，拍拍翅膀，"哧"地飞走了。

"嘭"的一声，广播室的门被撞开了，雁南和几个班上的女生一起扑了进来。

"瑞秋，快，快去看，高老师的女朋友来学校了！"雁南上气不接下气地说，"刚从你门口经过呢！"

瑞秋和卡佳被几个疯姑娘拉了出去。众人屏住呼吸，站在广播室门口朝走廊的另一头张望。走廊的另一头，是团委办公室。瑞秋看见了高老师的背影，与他并行的，是一个身材高挑的年轻女子，头发长及腰际，步履轻盈。

"听说是舞蹈老师唉。"雁南舔了舔嘴唇，露出向往的神色。

"光背影就够好看了。"卡佳说。

"不知道什么时候结婚。"另一个轻轻地说。

"肯定很快。"又一个说。

众人正叽叽喳喳议论着，突然看见高老师停下脚步，欲转过身来。一帮丫头浑身一激灵，迅速地逃回了广播室，关上门，捂着嘴大笑起来。

C

夜深了，瑞秋房间的灯依然亮着。复习完一天的功课，不管多累，瑞秋都要写两页日记。她的日记本是经过了"伪装"的，包上封皮，看上去和普通课本无异。她有时随身带，有时藏在抽屉的深处。如果放在抽屉里，都不会忘记做上一个不显眼的记号，比如在某一页夹上一根头发，或者用胶水将某几页轻轻地粘连。

瑞秋要防的是妈妈。妈妈的好奇心让瑞秋哭笑不得。她发现妈妈对一切与女儿有关的纸片感兴趣，便条、收据、课程表、作业本、油印通知和考卷。最感兴趣的当然是日记本。有几次，妈妈旁敲侧击打探日记本的下落，瑞秋顾左右而言他，说什么"我才不记那倒霉的日记，这不是自我暴露么"。妈妈听得一愣一愣，不过，从她的眼神里，瑞秋看出妈妈并不信她。于是，围绕着日记本，母女俩展开了一场搜寻与反搜寻的无声较量。庆幸的是，到目前为止，瑞秋还没输过。

她迫切地想把傍晚的一幕记录下来。

广播室里热闹了一个下午，高老师张罗着举办元旦的全校联欢，广播器材被挪到了室外，联欢结束，大家七手八脚地把东西往回搬。卡佳说是家里有事，提前走了，剩下瑞秋独自在广播室里做收尾工作。等到收拾停当已经是六点了。冬天里，日头短了好多，虽是傍晚，天已擦黑。校园静谧下来，安静让夜晚提前来到了。

瑞秋关上广播室的门，一转身，看见高老师也刚好从团委办公室里出来。他看见了瑞秋，冲她招招手。两人一起走到了四楼的楼梯口。瑞秋低着头，磨蹭了一下，故意走在了高老师身后。刚走下一级楼梯，楼梯上的灯突然灭了，周围一片黑暗。

"停电了。"瑞秋听见高老师说。她看见前面的影子停下来，好像在等她。

"真黑。"瑞秋说。他的声音有些颤抖，突如其来的黑暗让她不知所措。在黑暗中，原本熟悉的地方好像变了模样，恐惧和紧张混杂在一起，让她不敢挪步。

"别怕，跟着我走。"前面的影子往后退了一步，和她并排站在了一起。

瑞秋"嗯"了一声，却没有动。

"你数好了，一共是 12 级台阶，我们刚才走了一级，还有 11 级，数着往下走就行。"高老师说着，往下走了一步。

瑞秋也走了一步。

两个人一边数，一边摸着黑小心地走。高老师一直走在她左边，保持着距离，但一不留意，身体还是会挨蹭到。瑞秋心跳如鼓，屏住呼吸，仿佛身处沼泽。在黑暗的静谧中，她能听到高老师的鼻息，甚至能嗅到他口中清凉的薄荷糖的气味。瑞秋想朝另一个方向靠，可是对黑的恐惧却不得不让她留在高老师的气息里。

高老师却开起了玩笑："我上大学时，有一次也是停电，我跑得太快，在黑暗中撞上了一个鬼，吓得半死。"

"是吗？"瑞秋笑起来，她知道不可能有鬼。

"那鬼软绵绵的，缠住我，怎么也甩不脱。"

"……"瑞秋有点怕了。

"等我好不容易甩脱了，回头再看，才缓过神来，你猜是什么？"

"什么啊？"

"是晾在楼道里的一件塑料雨披。"

瑞秋笑了。

"怕黑吧？"高老师问。

"嗯。"

"在很多人眼里，黑暗等同于恐惧和危险。可是，黑暗也能催生智慧。"

"智慧？"

"眼睛看不见，心却可以看得很远。"

在一番关于黑暗的讨论中，两人终于走到了一楼。四层楼梯的路，却感觉如同长征。这时候，电又来了。

在白炽灯的照射下，瑞秋的眼睛有些不适应。她匆忙和高老师说了声"老师再见"，便加快脚步跑掉了。可是无论怎么跑，依然能嗅到楼道上那股淡淡的薄荷糖的气味。

此刻，瑞秋的身体逃离了，思绪却依旧在日记本上逗留。她用"G"来指代高老师，想了想，又涂掉，换成了"R"。R 是英语 tree 里的一个字母，瑞秋没来由地觉得，高老师和清秀挺拔的树是那么的神似。

D

每天的午休时间，是高一（1）班女生们自发的信息交流会。今天的日子更是非同寻常，大家都在为一件事情激动着。

雁南说："新娘子在婚礼上穿的是自己设计的裙子，手绣、织锦，美呆了。"

"她穿什么都是好看的吧。"同学笑笑接过雁南的话头。

"他们的新房子离学校不远，就在那条门口有爬山虎的巷子里。"另一个人说。

"你怎么知道？"

"我妈妈的同事是新娘子的姑妈，我当然知道。"

"哦……真是令人羡慕的一对。"雁南把手捧在胸前，做陶醉状。"我以后不知道能和怎样的人结婚。"她继续喃喃道。

众人笑起来，纷纷取笑她。

"你想得可真早，不害臊呢！"一个人说。

"你呀，会和阿童木结婚啊。"另一个人笑道。阿童木是班里的劳动委员，模样很俊秀，脸颊上长了一颗黑痣，平常和雁南走得比较近。

"去你的！"雁南提高了音调，跳起来打那个开玩笑的。没有站稳，扑了个空，倒在旁边正埋头写字的瑞秋身上。

瑞秋让过身子，但还是被雁南扑到了。手里的圆珠笔骨碌碌滚到了地上。趁瑞秋捡圆珠笔的当儿，雁南说："瑞秋姑娘，你今天怎么这么安静啊？没听我们在议论高老师和他的新娘子……"

"我听你们说。"瑞秋说。

"唉，我们说真格的，大家想过将来会和什么样的人结婚吗？"笑笑揽住大家的肩，压低声音道。

片刻的沉默。

"……像高老师这样的就很好啊，又帅，又稳重，还风趣……"终于有一个打破沉默，吞吞吐吐地说。

没有人笑话她，大家只是抿着嘴笑，好像在分享一个共同的秘密。

E

瑞秋忽然觉得无趣。做什么都无趣。上学无趣，看闲书无趣，逛街无趣，和班上的女生们聊天也无趣。就连最喜欢上的英语课，也不像从前那样充满期待、兴致勃勃。

她把这一切写在日记里。她讨厌自己这种意兴阑珊的状态，却又不知如何摆脱。一个星期前，副班长莫子雯随父母去美国学习了。临走前，请几个要好的同学去家里，说是要把大家的声音和形象用摄像机录下来，留作纪念。瑞秋是受邀的同学之一，除了她，还有雁南、笑笑、学习委员哈海光等八个人。

哈海光是男生里的佼佼者，不但是运动健将，化学和物理竞赛都在

市里得过奖。他还擅长演讲和辩论，有他在的场合，肯定不会冷清。

莫子雯让大家轮流对着摄像机说临别留言。大家嘻嘻哈哈地推托了一番，还是像模像样地说了起来。

"子雯，我一直觉得你的性格很独立、很阳光，我很喜欢这样的你，希望你前途似锦，梦想成真。"雁南爽快地开了头。

然后，按照顺时针方向轮下来。大家都说了一些鼓励和惜别的话。

轮到哈海光了。他清了清嗓子说："在女生里面，我最欣赏两个人，一个是你……"

雁南掐断他的话，问："另一个呢？"

"我这是在对莫子雯说话呢，另一个不重要。"哈海光说。

"既然说了，就把话说全吧。"莫子雯笑嘻嘻地说。

"好吧，"哈海光接着说，"另一个是瑞秋。"

瑞秋脸红了。

"但是，你和瑞秋很不同。你像夏日的太阳，你的热情能照亮身边的人，瑞秋却像秋冬的月亮，清冷的，说真的，男生们都有点'怕'她哦……"

瑞秋有些尴尬，不知道说什么好。

倒是雁南出来打圆场："哈海光是在婉转地夸你呢。"

雁南这么一说，让瑞秋更加的不自在起来。轮到她说留言时，也说得疙疙瘩瘩，重录了两遍，才算通过。

从莫子雯家回来，心情就莫名地糟糕起来。说不清为什么，是因为好友的离开让她徒增伤感，还是因为哈海光有些奇怪的话触动了她呢？

时常地，瑞秋就会陷入那些乱麻一般的情绪里。轮到高老师在校门口值勤的日子，她也不再"轻咬嘴唇"了，但依然不敢与高老师正视，仿佛正视了，就会被老师看穿了心事。

可是，瑞秋却分明享受着这些乱糟糟的心绪。它让她的生活充盈而丰富，曲折痛苦却又美好。她把那些心绪变成句子，一股脑儿倾泻在日记本里。日记，是她的情绪释放处，也是一处秘密花园。没有人能够涉足，不管这个人是谁。

可是。偏偏。有人涉足了它。

这天放学回来，瑞秋便敏感地发现抽屉被打开过了。书桌抽屉的钥匙只有瑞秋有，妈妈当着她的面把另一把备用钥匙扔进了垃圾桶，以证明对女儿足够的信任。可是，今天的抽屉却有些异样，关闭的抽屉缝里，露出一角白纸。也就是说，有人在关抽屉的时候，不小心把里面的纸夹在缝隙里了。瑞秋肯定，这个动作不是自己做的。那么是谁做的呢？

瑞秋吓得一激灵。赶紧打开抽屉，从底层摸出日记本，翻开。她小心地掀到夹了头发的那一页——头发不见了，而在页面的右下角，她发现了一处呈菊花状散开的褶皱。她马上联想到妈妈翻报纸的习惯，她常会无意识地用手指来抓报纸，而不是小心地翻页。

瑞秋脑子里一片空白，她抱着日记本冲出自己的房间，朝着厨房里正在切菜的妈妈锐声叫道："骗子！还说信任我！谁让你偷看我的日记的！"

妈妈被她尖利的声音和愤怒的模样吓到了，转过身，半张着嘴，不知道怎么回答她。

但瑞秋根本不需要妈妈解释。她三下五除二，把手里的日记本狠狠地撕成两半，再撕，再撕，然后重重地扔到地上。一边撕，一边泪流满面。

全都给看到了。她在想。

就像赤裸了身子被展览了。她屈辱地想。

不要解释，什么都不要。与其说是被偷看伤害了她，不如说，是暴于阳光下的秘密伤害了她。

结束了，都结束了。可是最后，当撕心裂肺地哭够了，瑞秋居然感到了意外的轻松。

日记本事件很快就风平浪静。连同撕碎的日记本一起，被毁掉的还有瑞秋写日记的心情。她不再写日记了，不写，反而轻松了许多。紧张的学业，填补了所有可以用来胡思乱想的时间空隙。

那些欲说还休的秘密随着初夏的雨季一起，滴滴答答地淌走了。渐渐地，看见高老师，瑞秋也能正视了。有时候，还和老师说说笑话。

很久以后，瑞秋想，也许还要感谢妈妈。若不是她偷看了自己的日记，让秘密无处可藏，她或许还在被秘密折磨和纠缠呢。那些隐晦的心情，是见不得阳光的；秘密，只有在黑暗的地方才能酝酿。大白于天下，反而情致全无了呢。真是奇怪。

很久以后的一个星期天，瑞秋和妈妈路过公园，看见高老师和他美丽的妻子牵着一个走路跌跌撞撞的小男孩向她们走来。瑞秋停下来，主动向高老师打了招呼，还把妈妈介绍给高老师。高老师当着妈妈的面夸赞了瑞秋几句。以后的几天，瑞秋心里一直回味着那样的一幅场景，那個在夏季黃昏襯托下的生動的三口之家。

F

故事总是有"后来"的。瑞秋的故事当然也有后来。

那是 12 年以后。

电台读书节目主持人瑞秋接到一个电话，对方是一个中年女性的声音，音色很轻柔，透着几分疲惫。她在电话那端说："你当中学生的时候，我见过你。"

瑞秋很诧异。

对方继续说："我是高凌风老师的爱人。"

瑞秋心里一紧，马上说："哦，高老师现在好吗？"瑞秋中学毕业后就再也没有见过高老师，但每次同学聚会，她都关注着高老师的消息。听说，高老师早已当校长了。

"他……"对方迟疑了一下，才艰难地说，"不太好，他患了胰腺癌，已经是晚期了。"

"……"

"他一直听你的节目。前天，昏迷了一天，醒过来对我说，想见见你。不知道你有没有空……"

"我马上就来。"瑞秋脱口而出。

再见高老师，瑞秋已经认不出他来了。在病床上的是另一个陌生的人，被病魔摧残得身形憔悴轮廓脱形的人。他斜靠在床上，默默地望着

瑞秋，只有嘴角的那一丝笑可以辨认出他过去的样子。

"你的节目很好听。"高老师说，"你的样子还和以前一样，一点都没变。"

瑞秋无法说"你也是"。她把一束水红色的百合花放在高老师的床头，用手把花朵和叶片摆弄好。她躲避着高老师的目光，尽管那目光已经很微弱，但在瑞秋感觉里，却依然是有力的。她不知该如何表达重逢时的心情，这么多年没见，再见却是在这样的地方。

她很想说：十二年了，虽然没有见面，你依然是我内心深处的偶像。

她还想说：我在播节目时，常常会想到，高老师会不会在听呢？一想到你在听，就会用心把节目做好。对了，我最爱播的曲子还是《爱的问候》。

12 年前，那段最纠结的日子，也是最值得留恋的时光。忐忑、惶恐、掩藏、揣度、试探、封闭、挣扎……所有和那段时光有关的词语都是美好的。只是这样的美好从来不曾和当事人分享，将永不分享，永不可能了。

离开医院，瑞秋含泪沿着狭长的巷道往外走。院墙上爬满了紫藤，那些藤蔓一心往高处爬，想爬到外面更大的空间去。可院墙外什么依附

物也没有，它们最终还是要沿着院墙往回爬。

　　瑞秋停下脚步，摘下一片叶子拿到鼻子跟前嗅。恍然间，又仿佛回到了多年前停电时的楼道上。蓦地，瑞秋想起，那天高老师口中好闻的薄荷糖的清香，应该有个好听的名字，叫作"留兰香"。

　　　　　　　　　　　　　2011 年 2 月 7 日至 9 日初稿，10 日改定

致 T——

　　"成长的代价"有许多种,懵懂、迷失、付出、反抗、孤独、伤害、被伤害、悲喜交集……没有一个人的成长不需要付出代价。没有例外。

　　每个人在他人生的最初,总有一段错乱的时光。而时光在任何人面前都不会停止流逝,只对死去的人除外。死亡,让时间暂时定格。曾经,少年时光里,有太多的资本可以供我们挥霍和依仗,好身体、梦想、流浪的心……但这所有的一切都架不住亲人的离去——

之七
左边

姬海蕊是我的健身教练，我们每周有三次见面。她长着一张娃娃脸，扎马尾辫，小麦色皮肤泛着健康的光泽。她帮助我做形体训练，休息的间隙，我们会端着水杯聊天。

在做体能测试的时候，我向她抱怨："我总觉得左侧上下肢的肌肉不够有力，跑步时能感觉到，好像一脚轻一脚重的。"

"是左侧吗？"她俯下身子用手轻轻触摸我的左上肢和左下肢，若有所思地说，"你的身体很敏感哦。"

"只有在集中注意力的时候才感觉到。"我说。

她点点头，看着体能测试仪上的数字说："左侧身体的肌肉是弱一些。"

"嗯，我从小就是这样，左手左腿都感觉无力，更不要说用左手推铅球了。那铅球甚至可能被我扔到身后去。"我说。

"是吗？"姬海蕊仰脸笑起来，不过很快，她似乎想到了什么，渐渐收了笑，继而便陷入了沉默。

"怎么了？"我问她。

　　"我想起了一些和左边身体有关的事情……"她说。她喝了一口水，看我现出好奇和探究的欲望，便开始慢悠悠地给我讲了一个故事。她说的故事深深地感动了我，让我很难忘记。现在，我把这个故事原汁原味地转述给你们听——

　　我的爸爸是个军人，妈妈随军。我出生后，他们不方便把我带在身边，便把我留在了农村的爷爷奶奶身边。想起在农村的时光，那真是欢乐。每天早晨眼睛一睁，我就撒腿跑出去了。那里的天地可以让我尽兴地撒野。我和小伙伴们一起下河捉鱼，上树掏鸟窝，每天像只小猴一样上蹿下跳地疯玩。我从不好好走路，觉得在平地走路太没劲。我喜欢跳进土坑里，喜欢在墙上走，喜欢在树桩上走路，就是不肯好好走平地。如果非得走，那我就跑，能跑多快就多快。我经常闯祸，不是碰翻了人家晒在打谷场上的竹匾，就是疯跑着把好好走着路的人撞倒，有个被我撞倒的老人还摔断了腿。为了这，我没少挨爷爷奶奶的打。打归打，可我还是和爷爷奶奶亲。

要上学了，我不得不回到爸爸妈妈身边，心里有一百个不愿意。爸爸很少在家，大多数时候，我和妈妈在一起。但我总觉得和他们生分，爱和他们拧着来。他们让我向东，我偏要向西。

我妈妈是一个不爱说话的人。但她好像很想弥补对我的爱，总是有事没事和我说话。她问一句，我答一句。有时候，干脆不答。她就很扫兴。她做了什么菜，我总说不好吃，没有奶奶做得好。把碗一推，不吃了。一转身，又溜了出去。

我像过去一样经常闯祸，要么打碎了人家的玻璃窗，要么就是和新认识的小伙伴打架，把人家打出了鼻血。每回人家上门告状，妈妈都要赔笑脸。人家一走，妈妈就回来问我。"怎么一点都不像一个女孩呢？"她好声好气地抱怨。但我从来都犟着脑袋噘着嘴，拒不认错，仿佛天底下所有的人都欠我。

只有爸爸能治我，因为他有拳头和力气。可他的手还没有抡起来，妈妈就扑过来护住我，然后爸爸就要费力把妈妈拉开。每一次都折腾得惊心动魄的，那气氛真的很可怕。我身上并没有挨到爸爸的巴掌，可我已经哭了起来。一边哭，一边求饶。爸爸这才作罢。

照理，我应该感激好脾气的妈妈。可我并不领情，仍旧一有机会就淘，常把妈妈气得红了眼睛。

偶尔，我也有安静的时候。妈妈忙完了家务，闲下来，就坐在椅子上打毛线。她喜欢穿格子衣服，格子衬衣，格子毛衣，格子的呢大衣。她总是挑阳光晒不到的地方坐，因此想到妈妈，我都会联想到一片淡淡的阴影。妈妈的脸色总是很苍白，像纸一样白。那时，我坐在门口，回头望着妈妈，尽管妈妈很病弱，但我还是觉得她的样子很美。

爸爸关照我说，妈妈身体不好，不要惹她生气。我并不知道妈妈生什么病，只是每天看她一大把一大把地吞药丸、喝中药，还要定期去医院。听了爸爸的话，我点点头。可是一转身就忘记了。

最糟糕的事情发生在我上学以后。

在农村疯惯了的我像一匹野马，天天坐在教室里，觉得浑身难受。上课时，总是望着窗外发呆，树上的一只鸟，天上的一朵云，都可以让我专注地看一堂课。憋得实在忍不住了，终于有一天，我决定逃学。

起初，只是好几天才逃一节课。见老师和爸爸妈妈没什么反应，慢慢胆大了，干脆一逃一整天，甚至连着几天不去。每天早晨，到了上学的时间，我就会跟妈妈说："妈妈，我上学去了。"妈妈总会说："路上小心点，回来给你做好吃的。"

逃学的日子我去了哪里呢？确切地我都记不起来了，反正玩得昏天黑地的。日薄西山了，差不多到了放学的时间，才有模有样地回家。

见了我，妈妈都要说："怎么弄得这么脏？"

我说："在操场上跑步摔的。"

妈妈信了。脱下我的脏衣服，拿去洗了。

就这么过了几天。有天上午，班主任打电话给妈妈："你家孩子病了吗？怎么好些天没来，连病假都没有请……"妈妈在电话那头愣住了，但她并没有马上发作，而是找了个借口。说我真的病了，是她这做妈妈的失职，忘了向学校请假之类（这些是过了很久妈妈才告诉我的）。

我像前几天一样，傍晚才回家。妈妈问我白天学校里的事，我眼睛望着天花板，瞎编了几句，说今天老师又教啥啥啥了。妈妈认真地听着，居然没有当场戳穿我。就这样，我平安无事地过了一夜。

第二天一早，我照例跟她说："妈妈，我上学去了！"妈妈"嗯"了一声，我根本没在意。没想到她偷偷跟在我屁股后面，眼看着我背着书包蹦蹦跳跳地路过小学校，向部队后面的小山坡跑去。

昨晚刚刚下了一场雨，我想好了要上山采蘑菇玩。正当我起劲地往山上爬时，身后的一声呵斥差点把我吓趴下："看你往哪里跑！"我回头一看，是妈妈！露馅了！我第一个反应就是：快跑，捉到就完蛋了！

"海蕊！海蕊！"我从没听过妈妈用这么高的声音喊我。我心里想着，不能捉到，不能捉到！一想到爸爸巴掌的滋味（军人爸爸的巴掌比爷爷奶奶厉害多了），我的屁股后面好像装了小马达，催着我没命地跑。

我在前面跑，妈妈在后面追。

我听到她粗重的喘息声和咳嗽声，但我没有停下。不知道跑了多远，我累了，快跑不动了。心想，这下完蛋了。回头看看，嘿嘿，妈妈也跑不动了，正靠在一棵松树上喘气。她用手指指我，说："妈妈跑不动了，快停下来。"可我不听，继续往山上跑。于是，妈妈只好努力地撵上来，但总和我保持着一段距离。

我一阵得意。只听妈妈在后面用气声说："别跑了，妈妈保证不让爸爸打你……"一听到"爸爸"两个字，我跑得更快了。不知不觉，已经跑到了一条宽不过一人的山径上，一些枯树枝横七竖八地倒伏在地上，成了天然的路障。我跑得跟跟跄跄，顾不得回头看。不知道又跑了多久，隐约听见身后很远的地方传来"哎哟"一声，但我仍旧往前跑。跑了十来步，我浑身一激灵，停下了。回头，看见妈妈摔倒在山腰上，挣扎着无法爬起来。

我愣了一会儿，这才想起往回跑。

好不容易扶起妈妈，她整个身体都靠在我身上。她好像摔得很厉害，连路都没法走了。我用尽力气，龇牙咧嘴地搀扶着她下山。不知道走了多久，等到下了山，我和妈妈浑身都被汗水湿透了。这时，正好过来一辆人力三轮车，我们直接去了医院。

后来，爸爸来了。

再后来，妈妈被推进了手术室。

医生说，妈妈是股骨头粉碎性骨折，需要动手术。在我的记忆里，这些场景都是无声的，好像在看一部黑白默片。片子里的我，并不在场，我只是一个旁观者，看着妈妈被推进手术室，看着爸爸目送她的背影。

以后的很多年里，我反反复复做同样的梦——我在前面跑，妈妈在后面追，山径越来越窄，越来越窄。天黑下来，从后面传来妈妈的呻吟……

手术做得并不成功。出院后，妈妈一直躺在床上。她再也不能像原先那样走路了。我这才知道，生下我不久，妈妈就患上了一种病，叫作

"系统性红斑狼疮"。难怪妈妈不能晒太阳，难怪她上不动班，难怪她总是吃药。因为长期服用激素，她的骨头松脆得像玻璃一样。

爸爸始终都不知道妈妈是怎样摔跤的。妈妈只是说，走路不小心，给石头绊倒了。妈妈这样说的时候，眼神柔和地看着我。我不敢看妈妈的眼睛。这是我和妈妈之间的秘密，是一块让我感到可耻的心病，但我始终不敢对爸爸说出真相。

妈妈躺倒了，爸爸不得不请姑妈来家里帮忙。我不再像以前那样淘气，我听妈妈的话，好好上课。放学回来，总要到妈妈床前站一会儿。让妈妈摸摸手、摸摸头。我也会主动给妈妈倒杯水，拿一个靠垫给妈妈，让她可以半躺着和我说话。妈妈再也没有提上山追我的事。就像它从来没有发生过一样。

有一阵，妈妈感冒了，并发了肺炎，又被送进了医院。她病得很重，昏过去两次。我以为妈妈要死了。我在医院的走廊里哭，眼前总是出现那个反反复复的梦。我哭得声嘶力竭，好像妈妈已经死了那样。医生和护士都看着我，说："这个孩子真孝顺，对她妈妈真好。"可我心里知道，我究竟为什么这么伤心。

幸好，妈妈被救过来了。出院回家的那天晚上，我站在妈妈床边，安静地望着她。妈妈拉过我的手，说："海蕊，今晚能陪妈妈一起睡觉吗？"

我点点头。从记事起，我从没有和妈妈一起睡过觉。我总是一个人睡。

爸爸出去值夜班了。床上就我和妈妈两个人。我睡不着，妈妈也睡

不着。透过窗帘的缝隙，看得见夜空里的星光。

妈妈轻声在我耳畔说："睡不着，可以听听外面的声音。平常，妈妈晚上也经常睡不着，在夜晚的寂静里，一个神秘的世界就开始活动了……"

我屏息静听外面的声音。起初，什么也听不见，但渐渐，我听到了各种各样的声音，微风呼呼的嘶鸣声，远处小河清脆的歌唱声，夜虫在高一声低一声地对歌。又听了一会，似乎还听到了树木的枝叶在吐芽，小草在生长……我感觉着妈妈温热的呼吸，在那些静谧的声音里睡着了。

这是我和妈妈唯一一个睡在一起的夜晚。我希望自己能永远地守护妈妈。

2年后，我上小学3年级。妈妈也整整卧床2年了，她的身体越发虚弱。长期卧床，妈妈身上的肌肉萎缩了，她的胳膊和腿都又细又干瘪，好像年老的人。天暖的时候，我帮姑妈一起给妈妈擦身。我用力抬起妈妈的腿，感觉妈妈的腿是僵硬的。

初夏的一天，妈妈再一次住进医院。她一下子并发了很多种我叫不出名字的病，姑妈红着眼睛偷偷告诉我："你妈妈这次恐怕出不了院了。"

我摇头。我不信。眼泪却不自觉地掉下来。

正值期末考试，妈妈关照爸爸和姑妈，不要让我去医院看她。"叫海蕊专心复习功课。"妈妈让姑妈转告我。"你妈妈情况还不错，没事。"

姑妈还特意多说了一句。

那天下午，考数学。考到一半，班主任老师突然把我叫了出去。

"别考了，快去医院吧。"老师神情忧虑地对我说，我在她脸上看到了一种从没有见过的表情，那是一种很深很深的关切与同情。班上的每个孩子都怕班主任，她总是那么严肃易怒。可是现在，老师在前所未有地温柔地对我说话。

可是我一点都没有感到温暖，我背脊发凉，心突突地跳起来。我身体好像被抽空了，脚步有点打飘。我预感到了什么。

爸爸在等我，他用自行车驮着我一路"飞"去了医院。我感觉我们在飞，爸爸把自行车踩得飞快。路上，我们一句话也没有说。

我心里只有一个念头：马上见到妈妈。

到医院了，我跟在爸爸后面，往急救室跑。进了门，我看见里面围了很多人，姑妈、姑父，还有好几个妈妈平时要好的朋友，他们都垂着头，在流泪。见我来了，他们马上让出了一条道，让我走近妈妈。

病床上的妈妈，闭着眼睛，一动不动，她的身上插着各种奇怪的管子。她的脸色好白，和床单一样白。

"和妈妈说说话。"爸爸说。

但我只是叫了一声"妈妈"，没有再说别的。我伸出手，去拉妈妈的手。病床侧对着门摆放，靠近我这边的是妈妈左侧的身体。我摸摸妈妈的左手，又摸摸妈妈的左胳膊。昏迷着的妈妈始终没有反应。过了好一会儿，妈妈闭着的眼睛淌出了一滴眼泪。我以为妈妈醒了，再次摇晃妈妈的左胳膊，呼唤她："妈妈！妈妈！"

这时候，医生过来了。他们轻轻把我拉开，手忙脚乱地对妈妈进行了一番抢救。再后来，医生摇摇头，叹了口气，动手把妈妈身上的管子一样一样地撤掉。

我扑上去喊："不要拿掉啊，不要拿掉，救救妈妈！"

姑妈一把把我揽进怀里。我听见耳边充斥了哭声，大人哭起来真的很难听，很可怕。我没有哭，我挣脱姑妈，把医生推开，扑到妈妈身上。爸爸又把我拉了回去。爸爸也在哭，我从没有见过爸爸哭。

就这样，我成了一个没有妈妈的孩子。我没有勇气说出口：是我害死了妈妈。而妈妈至死都和我一起守着这个秘密。如果我没有逃学，妈妈就不会悄悄跟踪我；如果我没有上山，故意让妈妈追我，她就不会摔跤；如果她没有摔跤，她就不会卧床不起；如果她没有卧床不起，她身体的器官就不会衰竭，不会这么快离开我们……

妈妈走后，我每夜每夜凝神谛听窗外的声音。"在夜晚的寂静里，一个神秘的世界就开始活动了。"我想着妈妈的话，希望能在夜的气息里听见她的声音。妈妈也能听见我的忏悔吗？

过了很久，失去妈妈的悲伤渐渐淡去。可是生活再次掀起了波澜。有天晚上，我听见爸爸给同事打电话，说起妈妈的去世，爸爸说："她去世前，有一边身体已经没有知觉了。"

我隔着房门听见爸爸的话，心里"轰"的一下，有坍塌的感觉——妈妈有一边身体没有知觉了？是哪一边？左边，还是右边？那我拉妈妈的左手，她能感觉到吗？

我想着这些，眼眶里充满了泪水。你或许无法理解，对我来说，我触摸的妈妈的一边身体是不是有知觉，有多重要。我多么希望妈妈在临走前，能够感觉到我，感觉到我的悔意，能带着我暖暖的爱去天堂啊。

这个问题像魔鬼一样纠缠着我，我原可以向爸爸问个清楚，可我却没有一丁点寻求答案的勇气，正如我没有胆量说出那个可耻的秘密。

我和爸爸之间，始终生分。越是生分，越是客气，不会说出知心话。

就这样，我背负着秘密慢慢长大。

这就是那个关于"左边"的故事。十多年过去了，它依然像石头一样压在姬海蕊的心底。

"妈妈离开前流下了眼泪，说明她知道你在身边。哪怕她失去知觉的是左边的身体，她也能感觉到女儿的爱。"我这样安慰姬海蕊。我说的是实话。因为我真的相信，母爱可以超越肉体的感觉。它能深入灵魂。

姬海蕊沉默着。她低着头，看着地面。她兴许是听进了我的话。落地玻璃窗外，天已渐黑。第一颗星星升起来了，很快，会有更多的星星加入夜晚的行程。一个神秘的世界就要开始活动了……

致 T——

　　你说你喜欢旅行，如果可能，你愿意背上行囊，去到天涯海角。其实，除了身体的旅行，还有另一种旅行——生命的旅行。只要生命存在着，旅行便实实在在地发生着。不同的是，用来行走的不是双腿，而是我们的心灵。

　　生命的旅行中，会发生电光石火的奇迹。只是需要偶尔停顿下来，还需要安静地沉思，然后，看看中途的风景。不管怎样，停顿和沉思，比不动脑筋、傻愣愣地奔来奔去有意思得多——

致成长中的你 III
时间的馈赠

之八
蔚蓝色的跑道

　　周围安静极了，只听见自己气喘如鼓。喉咙口好像装了一台小型鼓风机，它不仅发出古怪的声响，还让我口干舌燥，呼出微微的血腥气。天空在晃动，日光在晃动，风在晃动。远处的教学楼仿佛浸在药水里的底片，扭曲，倾斜。尽最大努力拖动灌了铅似的双腿，一再对自己说：坚持！坚持！

　　那白色的终点线就在前方一百米处。我用尽最后的力气，加大步子，抬高腿，同时，张大嘴巴，贪婪地吸进更多的氧气……在最后冲刺的一瞬间，我瘫软下来，腿、胳膊、身体，都不再是我的了，它们全都七零八落地散在原地。我看见小敏和百合她们嘻嘻哈哈地跑过来。小敏夸张地拿手指着我，尖声叫道："不能坐，不能坐啊，现在坐了，屁股要大的！"

　　我吓了一跳，挣扎着从地上爬起来，拍拍屁股上的灰，顺势靠在了身后的金属栏杆上。何老师举着秒表朝我皱眉头："还是不行，4分40秒，离及格还差20秒！"

　　"怎么办啊？"我的心沉到谷底，沮丧地向小敏她们摊开手，"我实在跑不动，再跑，我要累死了。"

　　"没那么容易死的，"何老师玩笑似的接过我的话，"哪怕一个星期只练一次，也会有成效的。下次测试，如果再不及格，就拖我们全班后腿啦！"后半句话可不是开玩笑。

　　这学期举行全区初中的体能测试，女生 800 米长跑是其中重要的一项。对我来说，跑 800 米等于要了我的命。我宁愿做一百个仰卧起坐、五十个前滚翻后滚翻、三十个倒立劈叉，也不愿跑这么长的路。一个没有身临其境的人，无法体会在漫无尽头的跑道上，那个可怜的拖动脚步的人所感受到的炼狱一样的痛苦。

　　"跑 800 米有什么用？还要在限定时间里跑完，我实在想不通这有什么意义！"放学路上，我对小敏絮絮叨叨地埋怨着。小敏的 800 米成绩并不比我好多少，勉强挤进及格线，不过，离达标还有距离。

　　我的话自然引起了她的共鸣。"就是，就是。"她把头点得像小鸡啄米，脑后的马尾辫一跳一跳。

　　可是，抱怨归抱怨，走到十字路口即将分手时，小敏在原地磨蹭了一下，欲言又止。

"我们还是听何老师的话吧，从明天开始早起锻炼。就练跑步。"她说。

我犹豫了一下，点点头，虽然心里一千个不情愿。咳，活着是一件多么不容易的事。虽然只有十三岁，我已经感到了种种不如意。别的不说，眼前跑步这件事，就让我充分体会了什么叫作无奈、无助和身不由己。

没想到，第一次晨练，就起了大雾。

空气很静，湿润的雾在操场上流动、漫扬，红色塑胶跑道若隐若现的。我跟在小敏后面，敷衍了事地做了几个准备动作后，开始跑起来。在雾中跑步，有一种腾云驾雾的不真实感。能见度只有十来米，跑出几步，便不期然地和一个迎面过来的人撞上。先是听见有节奏的脚步声，然后，就有个人影隐隐地从乳白色的雾里浮凸出来，像宣纸上悄然洇出的水墨简笔，一直到了跟前，才能看清他的模样。第一个遇上的人，穿一身荧光色运动衣，额上，用彩色带子绑住散乱的头发，擦肩而过时，我听见他发出高低起伏有着音乐般调子的滑稽的喘息声。第二个遇上的人，是个四五岁大的小不点儿，他一脸哭腔，跑得摇摇晃晃，好像随时会摔倒在地。狠心的爸爸在一边监督他，嘴里喊着："不许停，坚持住！"真想上去解救这个小可怜。

第三个会遇上个什么样的？我一边跑，一边开小差，脚步逐渐放慢了。回过神来，发现一直在我前面十来米处的小敏不见了。

跑得真快，这家伙，哪去了？我嘀咕了两句，继续往前跑。

这时候，一个人影突然出现在雾的背景里，她张开双臂，像鸟一样朝我扑过来，不及躲闪，我已经被她抱住。

"小敏，你干吗？吓我一跳。"我挣脱她，"怎么跑回来了？"

小敏的脸凑得我很近，五官有些变形，呈现出铜汤勺背面照出的奇怪效果。不知道是因为紧张还是兴奋，她紧紧抓住我的衣袖，将我使劲地往旁边拖拽。

"怎么啦？"我不得不用力将她的手掰开。

"我……我看见蓝老师了。"

"真的？"我下意识地吸了一口气。

"真的。她就跑在我前面。"小敏的语气里透着难以抑制的激动。

"她看见你了吗？"

"没有。不过，再跑下去就肯定能看见。"

我缩了缩脑袋，视线移向眼前的跑道。借着雾的屏障，我们暂时可以把自己藏起来。每听见脚步声由远及近，我的心脏就会紧张得蜷缩起来。说不清心里的感觉，想到蓝老师也在操场的某一处和我们一起跑步，这跑道忽然变得亲切起来。我既想遇见她，又害怕遇见她，是那种羞怯、渴望、激动、兴奋、忐忑互相夹杂的情绪吧。

我知道，小敏也是这么想的。

"还跑吗？"她问我。

"跑！"我想了想，说。

我们想着共同的心事，重新跑起来，并且不约而同地加快了速度。是想用奔跑来缓解内心的紧张吧，这样，可以洒脱一些、轻松一些。

"嘿！是你们两个小丫头！"熟悉的声音从身后传来，我的后背紧接着被轻拍一掌。果真是蓝老师！她快速地从我们身边跑过去，带过一阵风。很快，又隐没在雾中。

我吐了吐舌头，和小敏对视一眼，脚下的步子凌乱起来。

"来追我啊！"小敏朝我挤挤眼睛，再次跑到了前面。

"来了！"我调整脚下的步子，努力追上她。

就在这一刻，我想好了，以后每天都要来晨练。能遇见蓝老师的早晨，该是多么美好。

我和小敏守着一个共同的秘密，是关于蓝老师的。

在这样一所中不溜秋的学校，在一批中规中矩、灰扑扑的老师中间，蓝老师有一些特别。也许是姓蓝的缘故，她似乎偏爱蓝色。她的衣服一律是蓝系列，靛蓝、湖蓝、蔚蓝、宝蓝、黛蓝、石磨蓝……衣服的式样也独特，它们多半是棉麻质地，宽大、舒适，随意而不轻薄。她的肤色极白，烫成微卷的赭色头发，戴金丝边眼镜，笑起来，左脸颊上会显现浅浅的酒窝。她时常能让我们看见她的酒窝，因为，她总是笑着的，不管是讲课，还是夹着讲义在走廊上擦肩而过的时候。她教语文，用唱歌般的调子吟诵课本上的古诗，她似乎更爱带领我们一起诵读课本上没有的泰戈尔的句子：夜之黑暗是一只口袋，迸出黎明的金光……

她用温情与亲切的姿势与我们倾谈，目光轻抚过每个人的脸庞，她爱伸出手去抚摸那些毛茸茸的脑袋，或者张开双手，像母亲一样搂住某

个失意的彷徨的瘦小肩膀。她走进教室，教室里就散发出淡淡的诗意的芬芳。这芬芳是她的表情和声音、还有她的蓝带来的；这芬芳，淡且悠长，让那些刚刚开启的渴望爱的小心儿迷醉了。

没有别的老师像她这样对待我们。班主任裘老师教数学，是个严肃古板，动不动就对我们吹胡子瞪眼的中年男。教英语的彭老师，刚刚大学毕业，时常被调皮男孩气哭，她虽然楚楚可怜，但没有爱我们的能力。教历史的"老古董"，他讲课从来忘我，不管底下沸反盈天，还是哀嚎遍地，照例沉浸在他的世界里，讲完课立马走人。教植物的陈老师，倒是个"笑面佛"，不过，说话缺少幽默感，也不屑于多看我们一眼，久之，你就会觉得他笑得不真实。

只有蓝老师，她温存得像一块柔软的海绵，可以吸纳和包容我们的所有。没有谁会不喜欢她吧，我想。

当然，我没有对小敏说出我真正的心事。

上中学以来，我和妈妈的关系别别扭扭的，突然发现，小时候最亲近的妈妈变得陌生了。我不喜欢她总是大声地对爸爸使唤来使唤去，不喜欢她顶着鸡窝一样的乱头发在家里走来走去，不喜欢她用吆喝的口气对我说话，更不喜欢她从不爱抚我拥抱我。我和妈妈最近的一次冲突是因为她偷看了我做过记号的日记本，她以为偷看得天衣无缝，还是被我发觉了。日记本上的内容无关痛痒，不过，在我看来，好像被剥光了衣服当众展览。我当着妈妈的面，愤然把日记本撕成两半，扔在地上，再狠狠地踩上两脚。

"翻天了！"妈妈被我失态的样子惊到了，她的嘴巴张成"O"型，双手无奈地往上举了举，趿拉着拖鞋走出我的房间。望着她没精打采的背影，我感到很深的失落，我多希望她能耐心地和我说说话，问问我为什么要发这么大的火。可她居然什么也没有说。我想，妈妈对我大概也很失望吧。

蓝老师和妈妈年龄相仿，但她们不一样。蓝老师身上有一切我认为一个妈妈应该具备的东西。而这些东西，我妈妈没有。

我和小敏成为好朋友，在某种程度上，就是因为蓝老师。初春的一个傍晚，我和小敏做完值日生，沿着树篱往校门口走。音乐教室隐隐绰绰地隐在树篱背后，教室的门敞开着，里面流淌出动人的琴声，那个钢琴前起伏的人影让我们感到眼熟。

是蓝老师！我和小敏不约而同地认出了她，我们躲在树篱背后，安静地听了一会儿琴，才恋恋不舍地离开。在之后短短的路途中，我们先是感叹，然后开始热烈地讨论起蓝老师，关于她的一切，以及自己对她的好感和喜欢。正因为这不谋而合的共同的喜欢，让两个女孩的心贴近了。

谁说不是呢？少女之间的友谊，常常就是因为那些说不清道不明的共同的秘密吧。只要有一点就够了。

让友谊升华的一件事是，我们打听到了蓝老师的生日，并且，在她生日那天，我和小敏制作了一张贺卡，写上"祝最爱的老师生日快乐"，但没有署名。贺卡裁剪成心形，用上了心目中最美的颜色和图案。我们郑重其事地将贺卡装进信封，投进了邮筒。我们特意掐好日子，保证蓝老师在生日那天准时收到它。

蓝老师的生日到了。从一大早开始，我和小敏的心里就开始打鼓。

她会收到吗？

她会高兴吗？

她会猜出谁寄的吗？

好不容易熬到下午的语文课，蓝老师翩然而至。她穿了一条藏青色的连衣长裙，看样子和平常没啥两样。直到下课，蓝老师才从语文课本里取出一样东西——正是我和小敏寄出的贺卡！

"真是精美！"她举着贺卡，由衷地赞道，"我不知道是谁寄的？你们又是怎样知道今天是我的生日？不管怎样，我都要谢谢寄贺卡的人。"

我屏住了呼吸，感觉到脸颊烫烫的。我不敢回头寻找小敏的目光，担心被蓝老师看出了异样。索性，低下头，躲避蓝老师的目光。

"我很感动，很想当面谢谢你。如果现在不好意思告诉我你是谁，那么请在课后，悄悄地来找我，告诉我，好不好？"她把贺卡贴在胸口，继续说。

教室里一片嗡嗡的窃窃私语。

没有人举手。

等了片刻，她决定放弃了："我等着你，因为，我真的很想说谢谢。"

蓝老师自然没有等到那个"自首者"。

她在说完这句话的一个星期后，我和小敏就在雾中的跑道上撞见了她。这一发现让我俩倍感兴奋，我们庆幸又窥见了蓝老师的另一面：她不仅热爱音乐，还钟情跑步呢。接下去，说不定还会有新的发现！

因为有了和蓝老师的同行，枯燥的晨练变得有趣起来。几乎每次都会和蓝老师擦肩而过，她跑得很认真，难得有空停下来说话。有那么一两次，她观察我的动作，教我如何呼吸和掌握脚步的节奏，她的话真的很管用。但是，更多的时候，我们并不互相说话，只是微笑。不说话也没关系，只要看见她的身影，我就觉得浑身有力。

我对小敏说："下次 800 米测试，我一定能达及格线。"

春季有两场运动会。除了学生的春季运动会，还为教职员工专门举行一场运动会。在那天，学生全都成了看客，跑去为各自的老师助威。我们初一（3）班的四十个学生全都出动了，分成若干个啦啦队。班主任裘老师的项目是掷标枪，英语彭是 50 米短跑，植物陈是立定跳远，"老古董"参加的则是桥牌。我和小敏都格外注意到蓝老师的项目——800 米女子长跑。

小敏拉扯了我一下，我们心照不宣地迅速从观看"即时战报"的人群里往外挤。再过十分钟，就是女子长跑的比赛时间。很快，金属栏杆外已经挤了一大堆人，除了我和小敏，还有十来个班上的同学。我从人群的缝隙探头张望，一眼望见了正在跑道一端做准备运动的蓝老师。她穿一身蔚蓝色的运动服，头发在脑后用发圈扎成一束，看上去干净利落。她也看见了我们，微笑着朝我们挥手。

　　"加油！蓝老师！"活泼的百合用双手拢在嘴边，大声喊道。

　　发令枪响，一排女老师齐刷刷地冲了出去。蓝老师一直跑在外圈，不出一百米，她就跑到了第二个，接着，又赶超到第一个。

　　我和小敏全然不顾女生的斯文，声嘶力竭地大喊："蓝老师，加油！加油！蓝老师！"两个男生扯起了一幅写有"蓝老师第一"的红色标语。我的声音被淹没在一大片沸腾中，辨不清你我。我喜欢这样的"被淹没"，蓝老师听不见是哪一个，但我相信，其中的任何一个都在用最大的诚意为她加油吧。

　　蓝老师没有辜负我们，她遥遥领先，第一个到达终点。我跟在人群里拥上去，向她道贺。是的，只有在人群中，我才没有负担，没有压力。她一个挨一个地拥抱我们，分享她胜利的喜悦。轮到我时，我有些害羞，有些笨拙，还是被她轻轻地抱了一下。我嗅到她身上淡淡的汗味，还有檀香皂清洁的香味。这让我感到眩晕的幸福和惶然。忽然地，就想到了妈妈。我不知道妈妈的身上是不是也散发着同样的气味，我有多久没有闻到妈妈身上的气味了呢？

"我特别想做一件事！"小敏将我拉到一边，兴奋难抑。

"什么？"

"真想给蓝老师送一束花。"

"花？哪里去弄呢？"在那个年代，在那样一个落后的城镇里，根本找不到花店，连卖鲜花的小摊也没有。

但这一刻，我和小敏相视一笑，心照不宣地转身朝校门外跑。

离学校不远处，就是一座小公园，那里开满了属于这个春天的花。将操场上的喧腾远远抛在身后，我和小敏扑入了那个小小的花的海洋。

说是采花，实则是"偷"花。不多时，我们手上已经遮遮掩掩地捧了小小一束：迎春、杜鹃、含笑，还有玫瑰。小小的心被慌张、激动填满了，我们把花藏在空书包里，成功地躲过了公园门房的耳目，带了出去。

接下来的事情，做得圆满而刺激。趁运动会尚未结束，我们去到教工宿舍，把那束花插在了蓝老师家的门把上，在卡片上用彩色水笔写上"祝贺获得长跑冠军"之类的话，用的是美术字，每个字换个颜色。于是这句话看起来就特别热闹缤纷。

做完这一切，我和小敏相互热烈地拥抱了一下。我不知道我们为什么要拥抱，是庆贺自己"偷窃成功"，还是因为彼此心中炽热的情感有了宣泄和寄托之处？在这样的年龄，小小的身体时常被各种各样的情感胀满着，我们寻找微弱的光亮，寻找细小的出口，我们渴望着肆意倾泻和抚慰。

也许这就是忘乎所以。送了第一次鲜花，我和小敏上了瘾。几乎每周都去公园偷花，每次都采不同的花，照例插到蓝老师家的门把上。没有人知道我们做的这一切。每每语文课上，跟着蓝老师朗读课文，抑或在晨练时遇见她，想到我们的花或许给她带来过笑容，心里就会涌起特别美好的感觉，起起伏伏的学习生活也变得明朗起来。

恍惚中的美好毕竟短暂。第四次去公园偷花，便遇到了"伏击"。正当我们忘情地偷摘一朵黑玫瑰时，一个嘶哑的声音从身后响起："看你们往哪里跑！"

我和小敏都没有逃跑，我们吓傻在原地，手里的花也掉了一地。

在公园门房，我和小敏低头站在墙角，那个嘶哑嗓音声色俱厉地威胁说要去找校长。惊动校长，对我和小敏来说不啻于天崩地裂。怎可能让那么可怕的事情发生？

小敏开始了哭泣，她只顾哭泣，一言不发。也许我也该同时哭泣，但不知为何，平时胆小如鼠的我急中生智，说出了求饶的话："我们错了，我们赔钱，赔钱，只要不告诉老师，做什么都行。求求你叔叔！"

嘶哑嗓音的表情略微和缓了一些，我又抬起头，用哀求的目光向站在旁边园丁模样的阿姨求助。那阿姨伸出手，掀了掀我手臂上的"两条杠"，对嘶哑嗓音说："人家还是小干部，告到校长那里还得了？算了，认错态度还不错。"

"好吧，你回去拿罚款，她，留在这儿！"嘶哑嗓音终于动了恻隐之心。

于是，小敏做了人质，我以最快速度跑回家取罚款。罚款金额 10 元，抵得上我一个月的零花钱；但与刚才所受的惊吓相比，我宁愿一年不吃话梅和烤红薯，宁愿跑三个 800 米！

"采花大盗"的日子就此结束。自那以后，蓝老师再也没有收到我们送出的无名鲜花。我们依然时常在晨练时与她相遇，见着她，依然害羞，因为心里藏着的那个秘密。

有一天，练完 800 米，我发现蓝老师一直在跑道尽头等我们。

"棒极了！进步很大！"她居然在用秒表为我们计时。

她微笑地看着我们，等我们喘匀了气，一手一个揽着我和小敏往校门外走。被蓝老师亲热地揽着，我觉得浑身激动得发麻，连话也说不连贯了。走了一半的路，忽然听见蓝老师说了一句："那门把上的花真好看！"

我心里一惊，背上的肌肉突然收紧，血液直往脸上涌，脸颊上很烫很烫。我不敢侧脸看小敏的表情，但我能想象她此刻的心情。

我俩都不吱声。

"怎么了？"蓝老师伸出手，轻轻地摸了一下我烧得滚烫的脸颊，又捋了捋在另一边缩着肩膀的小敏的头发。

　　之后很多年，我和小敏始终都没能想明白，蓝老师是怎么猜出我俩就是送花人。这是我和小敏固守的秘密，自以为做得神不知鬼不觉——喜欢着一个年长的老师，为她做一些荒唐而美丽的事，这个秘密散发着诱惑的芳香，给成长中的心带来美好、惊慌、忐忑和温暖。而这样一种单纯的痴迷的对长者的喜欢，大概只有在那个年龄里才有吧。

　　在尴尬的一刻，我和小敏什么都没有承认，但我们的表情泄露了秘密。

　　"不要问我是怎么知道的，这不重要。但对我来说，重要的是，我一定要对你们说'谢谢'，由衷的。"蓝老师说，"你们让我感动。"

　　之后短短的一段路程，不知道是怎样走完的。我和小敏一言不发，低着头，在窘迫和羞赧中和蓝老师挥手告别。是的，连我们自己都无法读懂自己：我们心里的位置被蓝老师装得满满的，因为说不清缘由的倾慕，因为不愿被人知晓的隐秘心情。躲避着阳光的秘密更能享受绽放的美丽吧？而现在，秘密不再是秘密，那层美丽的外衣也"噗"的一声，破了。

　　故事到这里，似乎戛然而止了。在那层美丽外衣被挑破后的一个星

期，我们意外地得知了蓝老师即将调离的消息。这对我和小敏，是一个不小的打击。最后一课，蓝老师当着全班的面说了一些惜别的话，下课了，大家自发地拥到走廊上和她道别。胆大开朗的，向蓝老师讨要电话和新的联络方式。我和小敏却一直惆怅地躲在人群后面，互相扯着手指，望着蓝老师。

这时候，我看见蓝老师的视线越过前面的人，投注到我们身上。

她指指教学楼外的跑道，又指指我们，右手握拳，用力地朝下一杵。"加油！"她说。

我和小敏使劲点头。真高兴，这是属于我们和蓝老师之间的隐语。

其实，我和小敏的 800 米早已不是问题，在体能测试中，我俩的成绩都达标了。在蓝老师离开后，晨练也就中断了。没有了蓝老师的跑道，变得空旷而苍白，失去了吸引力。

意外的是，在那个学期结束前的最后几天，我和小敏收到了一封写着我俩名字的信。信封上的字，有些眼熟。打开，是宣纸上用小楷书写的一首诗：

门把上又插着一小束鲜花

那桃红的、鹅黄的，还有绛紫的

仿佛一张张娇嫩的小脸

对我说着悄悄话

现在，我把我的诗密密地缝在宣纸上

让风捎带去问候和想念

当我老了步履蹒跚

我依然会记得那些含羞的小花

……

长大就这样悄然而迅速地发生着。很多年过去了。

初中、高中，然后是上大学。大学毕业后，倏忽间，我和小敏也已经相隔十年不见。在一次同学聚会上，我俩带着微笑相互细细地打量对方，然后拉着手在一边坐下。小敏诡异地笑了起来。我说："你笑什么？""还记得那件事吗？我做了人质，在公园门房里大哭不止。"小敏说。

横亘在两人之间的时间之河顿时化为乌有。我们热烈地议论起了蓝老师，还有珍藏在记忆深处的写在宣纸上的诗，一如二十多年前的少女时代。

"知道蓝老师在哪里吗？"小敏问。

我心中一动。是啊，我和小敏一样，都渴望重访少女时代的秘密时光。那是藏在记忆深处散发幽香的花朵。

自从收到蓝老师寄来的诗歌，我们曾经与蓝老师保持了好几年的通信。我和小敏轮流执笔，诉说年少的欢喜、苦恼和秘密。蓝老师总是准时回信。后来，我和小敏高中毕业，蓝老师也退休了，回到她的故乡——一个安谧的江南小城。再后来，我们上了大学，工作了，和蓝老师的联系慢慢疏淡起来。一晃，又是多年过去了。

重新找到蓝老师，并不是一件很难的事。我和小敏辗转得到了蓝老师的地址，我们约好，在一个周末，坐火车去看她。我们要给她一个惊喜。

蓝老师会记得我们吗？

她现在是什么样子？

我们再次见面，又是怎样的情形？

一路上，我和小敏兴奋地做着各种猜测。我对小敏说，其实蓝老师只教了我们一个学期，可后来回想，那个学期却是不可思议的长。是啊，长得让我记得一辈子。小敏说。

我们和蓝老师之间，隔着整整20年。那一头，连着我们的13岁。

在一处爬满紫藤花的院子后面，我们找到了蓝老师的家。开门的是一个和蓝老师长得十分神似的中年男子，听我们讲完，脸上露出喜色，回过头冲屋子里说了一句："姆妈，你20年前的学生看你来了！"

"谁啊——"那个熟悉的声音从房子的深处由远及近，从20年前来到现在。

我一眼看见了出现在屋子那头的蓝老师——她坐在轮椅上，用双手转动着轮子，艰难地缓缓地朝我们移过来。她的儿子快步走过去帮她。

她穿一身蓝底白点的家居服，映衬着苍白的脸色。我注视着她从光线暗淡的角落，一点一点向我们靠近。到了跟前，她仰起脸，望着我们。我发现她从头到脚整个身体都在微微颤抖，连搁在轮椅扶手上的手，也在颤个不停。她的脸已然苍老，但笑容依然，这笑容在我的少女时代曾经像穿越云层的阳光一般拂照过我。

"我妈妈得了帕金森症。"她的儿子在旁边解释道。

我感到心里微微的疼。然后，我和小敏轻轻蹲下，把一大捧带露的白百合放到她的膝上。现在，可以和蓝老师平视了。

从她的眼神里，我知道她认出我们了。"你们这两个小家伙！又给我送花了。"她欣喜地说，声音里带着微微的颤音，咬字也有些含糊。

我握住她颤抖着的手。这是我第一次勇敢地握住蓝老师的手。女孩时的我，曾经多么渴望这双手的抚慰。而此刻，却感觉到这双手在我手中的冰凉和震颤。

"现在，你们还跑步吗？"是蓝老师打破了沉默。

我和小敏都摇摇头："不考试了，更不想跑了。"

"我倒是想跑，可是没办法跑了。"蓝老师笑笑，她抬起头，将视线移到院子外面湛蓝如洗的天空。我循着她的视线往高处看，天空中除了云丝，什么也没有。但我想，我会记住此刻的这一片天，这是我和蓝老师眼睛里的共同的天空。

断续写于 2012 年 3 月 15 日至 25 日

致 T——

你告诉我,你喜欢读《小王子》。我也爱。

我读《小王子》,难以忘怀的是它的单纯、深刻和前瞻性。小王子独居荒漠,尝尽了孤独之苦。他发现,人的情谊和互相交流才是人生的根本;人与人的共同回忆,并肩度过的患难时刻,坦诚的心声交流,才是人生的宝藏。

可是,遗憾的是,当我们懂得这点,却往往为时太晚——

之九

致远

中学毕业 15 周年聚会，来了很多人，但致远没有来。他是主刀医生，刚刚接到一台急诊手术，脱不开身。谁都没想到，两个星期后，我们就一起参加了致远的葬礼。在葬礼上，我见到了很多年未见的面孔，前所未有的齐整。即便没有参加毕业聚会的，也都来了。致远穿着黑色的西服套装，躺在百合花丛中，面孔一如活着时那样清爽俊朗。

谁都不会想到致远会这样离去，这么早，这么猝然。即便面对致远冰冷的遗体，仍旧是满心的不可思议、难以置信。我甚至不敢凝视他的脸，那张脸应该会绽放出灿烂的笑容吧，可那张脸，现在却充满了某种不真实的透明感，让你惶惑不安、无法靠近。

他是去北方出差回来后倒下的。起初只是平常的感冒发烧，在家里休息、睡觉。他在睡梦中永远地离去，没有一丝征兆。待妻子下班回家发现唤不醒他时，他的身体已经冰凉。

失去亲朋的痛苦，我并不是第一次品尝。但致远戛然而止的生命，却让我感到了不同寻常的痛苦。因为，致远的人生，本来就比别人多了一些不寻常的悲戚。而我和致远之间，曾经有过若有若无的往昔。

　　从初中到高中，我和致远都在同一所学校，但不在同一个班级。上初二时，致远蹿了个子，鹤立鸡群一般，他的理科和英语成绩也出类拔萃起来。他戴黑框眼镜，穿磨白的牛仔衣裤，以不苟言笑显示少年老成，当然，还有偶尔的离经叛道。他认识我，我也认识他，但我们从来没有说过话。

　　我听说过关于致远的一个段子。致远的班主任出了名的严厉，她班里的学生在她面前都心惊胆战。有一次，正当她义正词严地对全班作训导时，忽然发现坐在教室后面的致远埋首课桌，不知在捣鼓什么。班主任叫了两遍致远的名字，他都置若罔闻。无奈，班主任径直走到致远跟前，站定，令其站起。致远慢悠悠地站起来，如梦方醒，手里举着一支钢笔。

　　班主任：你没有听见我在叫你吗？

　　致远：……我的钢笔……

　　班主任：钢笔怎么了？

致远：钢笔的头——歪了。

底下哄堂大笑——致远的班主任走路、说话都习惯歪着头。学生们私底下悄悄给她起了一个绰号——"歪头"。

班主任强忍愠怒，不好发作。致远的言行并不见得有多高明，却因此赢得了更多的好人缘。这个段子，就这么在年级里流传开来。

我们的认识源于初二时的一次英语朗读比赛。我和致远是各自班里派出的选手，比赛前，英语老师把我们集中起来临阵磨枪。我和致远选读的是同一篇文章，叫作 The Click of the Rails。致远正在变声，原先单薄的声音有了一点男中音的浑厚。他反复念"click"的时候，舌齿间有轻微的不易察觉的嘶嘶声，听起来，倒真有些在铁轨边身临其境的逼真感。我的座位临窗，窗边有杨柳婆娑，那嘶嘶的声音，悄悄隐没在一片绿影里。

有一次，练习完毕，我们一起从学校回家。致远骑自行车，他不好意思甩下我走掉，就空踩着踏板，放慢速度跟在我旁边，有一搭没一搭地说话。这是我们第一次交谈，说得并不多。我知道了他妈妈是外科医生，他将来也想学医。致远的志向并没有引起我的共鸣，我一直觉得医院是个收纳病痛死亡的所在，心里对学医是惧怕的。什么都可以学，唯独不可以学医。和致远分手后，我一个人走回家时，这么对自己说。

尽管有了第一次交谈，但我和致远并没有因此熟稔起来。可能是因为少男少女固有的矜持和羞涩，以后再次遇见，彼此也只是点点头，抑或微微牵动嘴角，来不及挤出明确的笑容就擦身而过。至于那种朦朦胧胧的好感，是一点都谈不上的。

到了高中，我们仍然不同班。我和他，也仅仅停留在点头之交。只听说致远的成绩越来越好，他的九门功课会考得到了全 A 的成绩，这在学校里是唯一的。凭着这样的成绩，他几乎可以直升任何一所重点大学。

高三毕业前，我们又有了一次近距离相处的机会。那时，我和他已经收到了各自喜欢的大学的保送录取通知书。致远如愿以偿，被上海一所著名的医科大学录取了。当别的同学还在为高考苦战时，我和他以及一些少数的幸运儿却已经卸下包袱，提前进入假期生活了。不知是谁提议，我们一拨人瞒着大家悄悄去了近郊的古镇旅行，之所以瞒着，是怕这个举动刺激了正在苦读的同窗。

这是真正的短途旅行，五个人的小团体，去时彼此都不太熟络，回来时，已经是嬉笑着打闹了。因为身心得到了真正的释放，原有的一点小矜持都放下了。从火车上下来，意犹未尽，已经在约下一趟旅行。我和致远笑着挥手告别。他忽然低头在背包里掏东西，掏了一会，才摸出一个亮闪闪的勋章似的钥匙圈。给我的？我看着他伸过来的手。他点点头。我接过，小心翼翼地放在掌心——这是一个有着小王子图案的钥匙圈，小王子金色的头发在靛蓝色的背景上闪亮，非常讨人喜欢。但我还是有些迟疑，不明白他为什么要送这个。正犹豫间，一抬头，发现致远已经跑远了。他用的是鹿一般奔跑的速度，只一会儿，就跑得没影了。

　　我留下了那枚小王子钥匙圈，把它装进信封，收在一些零碎的行李里面，一起带去了大学。大学四年间，换了好几把钥匙，但小王子钥匙圈一直没换，一直用到上面的蓝漆斑驳，才依依不舍地换下了它。而那个时候，我和致远已经有三年没有联系了。因为他生了我的气。

　　大学一年级，我在一堆来信中间一眼发现了那个浅蓝色的信封，它来自致远的医科大学。我们开始了不规律的通信，他写得多，我写得少。信的内容多半描述各自的大学生活，偶尔故作老成地指点江山。他多半用纯蓝色的钢笔墨水写字，他的字很有特点，一律往左边略略倾斜，让我联想到春水边被风吹斜的杨柳。我去过致远的学校，他们寝室有一个新疆来的男生，致远给我吃那男生送的带籽葡萄干，紫色，嚼起来糯糯的。在那以前，我从未吃过这么甜而大的葡萄干。我们抓了一把葡萄干，站在致远宿舍楼的天台上，一边看远处时明时灭的霓虹灯，一边说话，放肆地把葡萄籽吐得老远。

　　因为刚刚中学毕业，还不适应大学生活，中学同学之间互相频繁走动，大家都习以为常。一切都那么明朗、简单。

　　后来有一次，致远从我们学校离开后，睡在我上铺的女生笑嘻嘻地盯了我一眼，诡秘地趴在我肩上咬耳朵。致远看你的眼光里有不一样的东西。她说。我正端起茶杯喝水，她的话差点让我呛到。我盖上茶杯盖子，摇摇头，故作轻松地说，不会。致远并不具有让我失眠的力量。在我心里，他只是一个说得来的中学同窗。我想我之于他，也

是同样的吧。

　　因为年轻，年轻到觉得人生的第一场恋爱不该如此早地到来，年轻到觉得一个男生频繁地来找你，只是因为顾念同窗友情。可能正是这个原因，当后来致远真的吞吞吐吐对我说了那个意思以后，我居然可以不假思索地就给了否定的答案。

　　致远一直吵着让我用稿费请客。我答应了，用一篇小说的稿费请致远吃了一顿晚餐。致远的胃口好，一顿饭可以吃掉一只鸡。正是长身体的时候，我也吃得很多。都顾着埋头吃东西，连话都来不及多说。吃完饭，我们去附近的公园散步。就是在那里，致远表达了爱慕我的意思。我默默地听着，心里并没有太多感动，而是起了一层层的诧异、尴尬和不知所措。我下意识地揉搓着一团已被我汗湿的纸巾，局促中，只说了短短的一句话：我觉得我们都太小了，你还比我小几个月呢……

　　致远低着头听，夜色模糊了他脸上的表情，也给我的惶恐以安全的掩饰。正是春寒料峭的三月，薄雾悄悄地漫卷起来，笼罩着周围的建筑物。月亮挂在空中，射出清冷的光晖。致远含糊地喏喏了几声，然后，转过身，甚至没有告别，就慢慢地沿着街道的另一边走远了。他跳上了一辆刚刚开过来的公交车。

　　我想是我伤害了致远。此后，再也没有得到致远的音讯，连通信也没有了。但我一点都不怪他，只是遗憾着少了一个可以说话和走动的老同学。我照旧用着他送给我的小王子钥匙圈，直到它旧得不能用。

再次见到致远是 5 年以后了。

他辗转打听到我的电话，来我工作的编辑部找过我一次。那时，他已经是大医院的见习医生了。他和我商量，怎样给医学杂志投稿。我所在的编辑部和医学无关，唯一沾得上边的就是"杂志"，正是这唯一的一点沾边，给了他一些希望。我给他出了主意。我们都刻意淡化了久别重逢，自然而投机地聊了一个多小时，全然没有提起往事，好像那件事根本没有发生过一样。我吃惊地发现致远的发际线有稍稍后移的倾向，头发也没有过去浓密，举手投足却是成熟了不少，言语准确而稳重。我还发现，他过去说话时舌齿间带出的"嘶嘶"声，居然消失了。

可是，无论怎样回避旧事，到了末了，仍要忍不住忆旧。我问起他的父母，致远脸上的神采顿时黯淡下去，他低下头，两手交握着，骨节间发出轻微的咔咔声。他似乎在做着艰难的选择，沉默了很久，才说出一个让我震惊的故事。

那应该是致远和我断了联系之后不久，他得到了一个坏消息——母亲被确诊罹患晚期胃癌。致远赶回老家，和父亲、哥哥一起，把母亲送进了手术室。手术后不久，要强的母亲休息了不到半年时间，就回到了手术台边继续工作。也许是疲劳所致，一年后，母亲癌症复发，医生回天无力，致远刚过天命之年的母亲便匆匆作别了人世。

妈妈去世时，爸爸对着她的遗体大骂来着，致远说。谁让你那么要强，谁让你和人争！现在到天堂去和人争吧！爸爸蹲在地上边哭边骂，致远和哥哥想上去安抚情绪失控的爸爸，还没开口，就跟着爸爸一起号啕大哭。

致远的母亲，我是认识的。她身上总带着若有若无的药水味，让人感觉清爽。个子高高的，烫得微卷的短发，颧骨上有淡淡的雀斑，说话的语速很快，好像总是匆匆忙忙地赶着去做什么。据说，致远还在痰盂上撒尿的年龄，母亲就教他学英语了。这一点我没向致远证实过，不过，从致远话里常说的"我妈如何如何"，是可以看出母亲对他的影响的。

听致远这样说着，我的心好像被剜了一刀。虽然并不熟悉致远的母亲，但我能想象失去母亲给致远带来的悲恸。而我自己，当明白了人都逃不脱生老病死的常识之后，就曾经一次次地设想假如有一天母亲永远地离开我，我会怎样。单是这样的想象，每次，都会让我泪眼婆娑。

"妈妈死了，这是我长大后第一次哭得这么伤心。我以为这辈子再也不会这样哭了，但没想到，仅仅一年后，我又如此这般地大哭了一场，甚至有了想死的冲动。"致远说。

母亲去世一年后，致远的父亲来上海出差，顺便看望还在上大三的儿子。母亲不在了，父子间似乎情愫更深，更有相依为命的感觉。致远带父亲玩遍了市区和近郊，父子俩也前所未有地说了许多以前不会说的话。3天以后，父亲坐长途汽车返家。因父亲是和同事同行，加上学校有课走不开，致远没有去为父亲送行。虽有分别的怅惘，但致远还是埋在心里了。一切如常。

　　傍晚时分，致远估计父亲已经到家，便给家里去电。但只闻长而空旷的铃声，无人接听。心中略感不祥。只能焦灼而忐忑地等待，电话不知拨了多少个，结果却是一个，父亲迟迟没有回家。

　　直到天黑，致远才接到叔叔的电话。在致远的记忆里，这是他听到的最可怕的电话，话筒里仿佛藏了刀，直戳他的心脏。叔叔告诉他，父亲去世了。

　　世界上难道有比这更不可信的消息吗？致远说，叔叔，不要和我开玩笑！他分明记得送父亲到路口的情形。父亲的气色很好，情绪也高。上海很少有这样的蓝天，没有云，空气如洗过一般清新。他目送父亲挺拔的背影走进法国梧桐的树影里……

　　叔叔在电话里说，我为什么要骗你呢？真对不起，对不起……叔叔一再地重复着，话音里已哽咽不止。

　　叔叔为什么要说对不起呢？仿佛父亲的死，是叔叔对他的亏欠，不，是上天对他的亏欠呀！致远的父亲还没有离开上海，就已经停止呼吸，永远地离开了这个世界，离开了他亲爱的儿子。他原准备搭乘公交车去长途车站。公交车缓缓开进了拥挤的站台，很多人追着车门跑，有人背着大包小包在他身边推推搡搡。不知是谁，猛烈地撞了他，他被绊倒，头部重重地摔在车门上。他趔趄了几下，仰面倒在地上，竟没有再醒来，没有留下一句话，甚至一声呻吟！短短几秒，生死相隔。致远的父亲是一米八的高大个子，如此健硕的生命，竟是不可思议的脆弱……

　　我听着致远讲述，手微微颤抖起来。空气变得稠厚，我感到了一点窒息。我低下头，不敢看致远这时的表情，甚至，我觉得，刚才问起他父母的情况，真是罪该万死。

　　"一直到举行父亲的葬礼，我都是稀里糊涂的。脑袋里空白一片，眼前漆黑一片。那段日子，我和哥哥抱在一起很多次，这是我们兄弟俩拥抱得最多的一段时间。我觉得，如果我们不拥抱在一起，我随时都会给冻死。我和哥哥……成了孤儿。"致远凝视着玻璃杯里的水，喃喃地说着，我能感觉到那股摧毁性的力量直到现在还在影响着他。

　　好在，现在，一切都过去了。致远长长嘘出一口气，抬起头挤出一个笑。他的笑，凄凉而明亮，宛若日落前即将消逝的光芒。

　　大学毕业后的时间流速明显加快了，一眨眼，轻舟已过万重山。用一瞬来形容十年并不为过。之后的这十年，我和致远都安然地过着各自的生活。我们联系得很少，偶尔想起致远，我的心里都会泛起隐隐的痛。我有一层没有说出的隐衷，在不留情面地拒绝了致远以后，他的生活就

起了如此巨大的波澜，尽管两者之间并没有联系，在我，却仿佛有脱不了的责任。这一层隐衷悄悄地埋在那里，一旦触到与此相关的细节，就会沉渣泛起。所以，只要致远找我，需要我做什么，我都会尽最大努力做好。

但其实，永远是别人求致远的机会要多得多。致远在大医院，同学的父母有生病需要手术之类，无论是相熟的不相熟的，凡找到他，他都会尽全力解决。

我能体会做儿女的心。致远对我说。他不再提起早逝的父母。他自己也已经做了一个男孩的父亲。

有一次，我的母亲突发肾结石，正忙乱着送她去邻近的医院。就在这时，致远来了电话。我告诉他眼前的状况。致远说，我马上过来。不需要的。我说。致远还是执意要来。他开车赶到时，母亲躺在急诊室的临时床位上，疼痛已经缓解。致远在床边耐心地询问了病情，觉得没有大碍了，又急匆匆地赶回去上班。见到致远特意赶过来，父母都有些感动，他们很多年没见他，只记得他小时候的模样。

　　致远低头站在母亲床前的时候，我也想起了他上初中的样子。太阳斜斜地照在教学楼的走廊上，致远背靠着栏杆，埋头看一本书，地上投下他浓重的细长的影子。那影子的边缘，仿佛勾上了一圈毛茸茸的金边。

　　可是，人与人的相处，总是蕴藏着难以言说的秘密。有的人之间注定了要亲密无间，近到可以彼此触摸对方的心跳；而有的人之间，再怎么努力，都注定了只能保持适度的距离。很近，又很远。我和致远，大概就属于后一种吧。

　　我默默地祝福致远，希望他的人生平坦、幸福。做医生的致远，工作极其繁忙，他从未间断过学业，工作之余，读完了医学博士，还在国外的医学刊物上发表了不少有质量的论文。9门功课会考全 A 的致远，理所当然会拥有骄人的前途。

　　可是……可是……在父母先后辞世十余年后，他等不及了，熬不住对父母的思念，急匆匆地去天堂与他们会面了。致远对父母的爱，一定远大于对这尘世的留恋吧。这个尘世里，还有他尚年幼的儿子，他却不惜让儿子承受自己尝过的痛苦。致远真是很自私。

　　站在致远的墓地前，我在心里这样责怪他。他的墓地选在依山傍水的地方，听得见潺潺的流水声，还有清新的空气和松柏。风吹动着天上的云，迅速地游走，太阳从云层后面露出脸来，淡金色的光线轻照在致远的相片上，致远的笑容是那样的清澄。

　　致远，你要走好。

一段旅程已经结束了，下一段仍会开始。无论是活着的人，还是去了天堂的人。

断续写于 2012 年 2 月 17 日至 3 月 1 日

致 T——

　　每个人都期望在镜子里看见自己，不一样的自己。不知道为什么，我们常常对自己不满意，期望着有另一副模样，却在不经意间忽略了自己的美好。

　　这个世界是需要重新发现的。当然，自己，也是需要重新发现和认识的。因为你自己，就是一个完整而独立的世界。我希望你能喜欢那些明朗温暖的颜色，你将从中看到一个比你想象中更可爱的自己。

　　将来，当你回首成长，你会意识到，少年时和伙伴一路同行的印记留存不去，那里有永不消失的湖泊、永不摧折的树木、永无尽头的漫漫长路——

之十
一路同行

1

我把整只西瓜小心翼翼地捧到水池里，顺手操起把西瓜刀，刀刃轻轻一碰，瓜皮就"噗"地裂开，从缝隙里隐约可见里面红得可人的瓜瓤。我咽了口唾沫，一手各捧半只西瓜往房间里走，把其中的半只递给坐在地板上满眼期待的雀斑豆。

这就是我们的午饭了。整个夏天，我和雀斑豆几乎都是这么度过的。要么在我家，要么在她家，以地为席，看书打牌下棋闲扯，吃了睡睡了吃，差点就成了"冬眠猪"。

这是近年来最炎热的夏天，燥热把人生生地逼回了室内，街道上人影寂寥，却充斥了歇斯底里的蝉鸣声，那声音撕扯着烫手的空气，把它扯成一张大网，叫人透不过气来。露天游泳池更是懒得去了，我和雀斑豆只去了一回，背上就褪下一层白生生的皮，火辣辣的疼。整个暑假我们只能窝在家里，就这么百无聊赖地死捱着。

　　吃完西瓜，把瓜皮搁在一边，雀斑豆朝我抬起自己白嫩的左腿，眼神里竟有了些哀怨："你看，我这小腿肚子！"她面朝我屈腿坐着，抬起的左腿和身体成为直角，小腿肚子因为重力作用垂下来，显得鼓鼓胀胀，很是结实。"我又不胖，偏偏小腿这么粗……"雀斑豆抱怨道。为了安慰她，我也抬起了自己的小腿，和她对比了一下。我和雀斑豆都不属于那种芦柴棒的身形。雀斑豆捏了捏我的小腿，释然地笑了。然后，我们又继续比较了各自的脚踝，都遗憾自己的那个部位太粗笨，"难怪跑不快！"我们自嘲道。因为据说只有那些脚踝长得细的人，才能跑得比兔子还快。

　　那个暑假的星期四下午，我和雀斑豆研究着彼此发育中的身体，说着老掉牙的笑话，很快又陷入了沉默。"还是画画吧！"我提议。马上找来铅画纸和彩色蜡笔，一人一边，以小凳子为桌，各自画起来。我正为自己笔下的古代仕女图自鸣得意，却听见背后的雀斑豆发出"吃吃吃"难以抑制的笑声。雀斑豆有个毛病，一激动，牙齿就会控制不住地打战，还会浑身颤抖。我猜到她一定画了什么"惊世之作"，一把将她的画抓过来。见纸上画了个"女丑八怪",居然还是裸体的,上半身有三个乳房,叉手叉脚,脚指头个个像胡萝卜那样粗,更可笑的是她的头发,一坨坨,牛屎一样地堆在脑袋上。

"这是什么啊?"我皱了下鼻子,撇撇嘴。

雀斑豆笑得更加不可遏止,捂着肚子歪倒在地板上,边笑边呻吟:"哎哟,我笑岔气了,受不了,哎哟!"

看她那乐不可支的模样,我忽然明白了她画的是谁。一定是"杨太君",我们的班主任兼数学老师。被奉上"太君"雅号的女老师,自然有着旁人不能及的两把刷子。雀斑豆曾经在杨太君的训斥下,当着全班的面痛哭流涕满地打滚,连我这个死党也跟着颜面尽失。雀斑豆如今在纸上望梅止渴地泄私愤,也算情有可原。

我跟着笑起来,拿起一支红色蜡笔,打算在那丑人的身上画一只肚兜,遮遮羞。雀斑豆坐起来,扯过我的手臂,想抢蜡笔,不让我画。两个人你来我往,打闹着一起跌坐在地板上。

这时候,响起了急促的敲门声。雀斑豆一个鲤鱼打挺坐起来,抓过那张画,藏到了沙发底下。

"谁啊?"我喘着气,趿拉着拖鞋去开门。

"我的声音也听不出啊,坏蛋!"那家伙抱怨道。

听出来了,是假小子于丽。她和我住在一个小区,整个夏天我都没见过她,现在不知从哪里冒出来了。

门一开,于丽甩脱了凉鞋,赤脚跟我走进房间。"就知道你也在!"

她指着地板上的雀斑豆说。她的板寸头因为出了汗，根根直竖，像个刺猬。见桌上放着杯盐汽水，拿起，仰头就喝。

"你像是刚从蒸笼里出来。"雀斑豆说。

"热死我了，渴死我了，"于丽喝完最后一滴汽水，打着嗝说，"想来想去，还得来找你们。"

"出什么事了？"我说。

"我弟弟失踪了。"于丽说。

我和雀斑豆都蒙住了。

2

于丽的弟弟叫于洋，也是我们的同班同学。说是弟弟，实则是双胞胎，于丽比他早生十分钟而已。他们姐弟两个是反着长，于丽像男孩，于洋像女孩。于丽是属于踢足球不管不顾、敢于把鞋子都踢掉的那种风格；于洋呢，连拿支笔也要跷跷兰花指，平时胆小如鼠怕这怕那。这么蔫里吧唧的于洋居然玩失踪？

"别逗了！"我和雀斑豆沉默片刻，马上笑起来。

"谁开玩笑，他今天天没亮就不见了，到现在都没音讯。"于丽一本正经，面色焦急，还狠狠跺了下脚。

"那不等于就是失踪啊。"我说。

"你们不知道，问题是，他天不亮就跑掉了……我直觉，这家伙真的是在玩失踪。"于丽说。

这下，我们信了她。

两天前，于丽于洋的父母赶去城里探望住院的奶奶，不得不把他们姐弟留在家里。昨天晚上，于洋忽然对于丽说，夜里梦见奶奶了，吵着要去城里看奶奶。于丽说，不许去，爸妈说了，我们去了是添乱。于洋不听，非要去。于丽说，爸妈不在家就要听我的，我是你姐。于洋说，什么姐，早十分钟还想当姐，你还没我高。两人唇枪舌剑互不相让，于丽动手狠狠地"修理"了他。直到于洋被于丽捏着耳朵讨饶，彻底打消念头，这才偃旗息鼓。

没想到，今天一早，于丽起床发现于洋不见了。开始，也没有多在意，过了中午，还不见于洋的影子。于丽才着急上了，去于洋的死党家找了一圈，都说没见过他。万般无奈，她才打通了城里医院的电话。可是，听母亲在电话里一口一个"照顾好于洋"，于丽心里明白，于洋根本没有进城。按于洋出门的时间，早就该到城里了。

"现在，八个小时过去了，我是不是可以去派出所报失踪？"于丽看了眼手表，愁眉苦脸地说。

听她这么说，我感觉心脏胀大了一倍，有一种不祥的预感。正想开口说什么，雀斑豆抢在我前面说："报警？那可不行。报警就会弄得满城风雨，让杨太君和校长都知道，那以后于洋还有好果子吃吗？再说了，你爸妈在看护你生病的奶奶，要是知道于洋失踪了，他们还坐得住吗？要是你奶奶知道了，病加重了怎么办？……"

我和于丽听得一愣一愣，对雀斑豆在短时间内的深思熟虑刮目相看。于丽支支吾吾地说："报警，我也只是说说……找你们，就是请你俩帮我想办法。"

我当然也不能显得迟钝，想了想，说："首先，你得和你父母保持联系，说不定于洋什么时候真到了医院呢？第二，得确定他可能去哪里？第三，我们得马上出发，一起去找他。"

"对！就这么干！"雀斑豆又激动起来，牙齿咯咯打战，竟显出几分喜滋滋的模样。

我们三人就这么七嘴八舌地议论着，努力装出镇定自若足智多谋的声调——这个无聊的暑假终于有事可做了！

3

我们先去于丽家。

"你没仔细检查一下他留下什么？比如字条、藏宝图什么的……"我边上楼梯边问于丽。这粗心的家伙居然根本没有翻找过于洋的东西，就咋咋呼呼地跑出去满世界乱找，难怪杨太君会讥笑她是黄鱼脑袋。直觉告诉我，我们一定会在于洋留下的东西里发现蛛丝马迹。

于丽的家乱得像狗窝，想象得出这两个混蛋趁父母不在如何大闹天宫。于丽的房间里，几乎所有的平面都给乱七八糟的东西覆盖了。于洋的房间还稍稍整洁些，至少桌面上还有点干净的空隙。

"有字条吗？"我们三个划好区域，分头采取地雷式搜索。

没有，没有，啥也没有。除了臭袜子臭球鞋糖果纸折角的课本，没发现一条有价值的线索。

"他写日记吗？"我灵光一闪。

"日记……"于丽呆在原地，想了想，"有，好像有的，我最近常看他鬼鬼祟祟地在本子上写什么，我在门口一晃，他就把本子藏到抽屉里去了。"

说着，于丽便去拖写字台的抽屉。结果可想而知，锁着。但这难不倒假小子。她咚咚咚跑出房间，片刻工夫，双手各举一把榔头和起子回来了。那抽屉锁简直是豆腐做的，轻轻一撬，抽屉就打开了——一本蓝色缎面的日记本赫然入目。

"翻到最后，看他昨天记了什么？"我说。

"这小子居然写起秘密来了。"于丽迅速地翻看日记本，咬牙切齿地嘟哝着。"有了有了……"她突然提高音量，捧着日记本念出了声，"今天，我又被假小子欺负了。当她捏着我的耳朵要我讨饶时，我是多么恨自己没出息。我是个男子汉，居然败在一个假小子手下。可是，我真的很想奶奶。奶奶从小把我带大，很想为她老人家尽尽孝。不过，即便不是假小子阻拦，我也不敢去，自说自话去了，肯定会被爸妈说一顿。咳，我总是这么瞻前顾后……我知道他们在背后叫我'于姑娘'，我总是怕这怕那，连蟑螂都怕，这胆小的毛病什么时候能改改啊……我真想改变自己，一定要做一件大事，让他们刮目相看。对！明天一早就出发，步行去骷髅坡，如果能独自在那里待一夜，我一定能脱胎换骨……"

"骷髅坡？"我和雀斑豆一起惊呼起来。"老天，他真会去那里吗？你昨天肯定把他折磨得够惨，他才会起这种倒霉的毒誓。"雀斑豆对于丽说。

于丽无奈地笑笑，笑得有些尴尬："这么说，我真有点对不住他，昨晚我把他按在地上了，提溜着他的脖子……"

"别说了，后悔也没用，得赶紧去找他。那可是骷髅坡。"我说。

骷髅坡实际是一块无名坟地，骷髅坡是我们班的人给取的名字。它位于镇外三十千米处，在一条死路边上，旁边有一条河。附近村子里死了人，都埋在那里。不知为什么，什么年头了，他们还土葬。坟头白色经幡飘动，样子十分诡异。据说到了晚上，总有磷火游逸，车子一般都不敢往那里开。传说那里晚上闹鬼，附近的瓜地都没人敢看，车子若是经过，会出莫名其妙的车祸，死得很惨。有一次，全班去春游，路过那里，便有人隔着车窗感叹：谁敢在骷髅坡上过一夜，立马给他下跪！

胆小如鼠像个娘们一样的于洋居然想去骷髅坡过夜？"一定得把他找回来。万一……再过几天，我爸妈就回来了，我弟要是出了什么事，我爸准把我打个半死。"于丽说。天不怕地不怕的假小子居然也有发慌的时候。

但我和雀斑豆都没顾得上笑话她。想到马上动身赶往骷髅坡，我们心里又激动又紧张。

"现在有车去那里吗？"我问。

"末班车是四点半。一小时一班。开往六灶镇的车都经过那里。"于丽说。

"那今晚我们还回得来吗?"雀斑豆眨巴着眼睛。

"肯定回不来了,笨!"我说,"等我们到了那里,从六灶镇回来的车早没了。"

"那……我们今晚也要在骷髅坡过夜?"雀斑豆一脸苦相地说。

"嗯。"我点点头,"不过,你们想想啊,我们是坐车去,于洋是走路去,这大热的天,说不定走不到那里就晒成人干了。"

"那……我们还要不要去?"于丽愁眉苦脸地说。

"去,当然要去!去救你弟弟啊!"我说,我感觉周身热血喷涌。

"嗯嗯,"雀斑豆频频点头,"姐妹有难不救,什么时候救啊。"

"那你们怎么跟家里交代?"于丽说。

"没事,我就说去雀斑豆家过夜,雀斑豆说去我家过夜。我们家的大人可放心呢。"我拍着雀斑豆的肩说。

"就这么说定了?"雀斑豆问道,"赶紧给我妈去打个电话。"

"我也回去收拾一下,"我说,"半小时后十字路口见。"

我回到家把吃剩的瓜皮扔进了垃圾桶,在桌上给爸妈留了张字条,又从储蓄罐里倒了些硬币在人造革的钱包里。

四十五分钟后,我、雀斑豆和于丽三个人坐上了开往六灶镇的末班车。车厢里没有空调,车窗大开,热风呼啦啦地吹,吹得浑身黏糊糊痒兮兮的。一路过去,没有好风景,连树叶都被太阳晒得卷拢了。时近黄昏，夕阳西斜，日头的余威还在。想到接下来可能遇到的事，我禁不住觉得有些滑稽——又兴奋又害怕，还觉得有那么点荒唐——万一于洋虚晃一枪，根本没去骷髅坡，那我们三个就属于自讨苦吃了，谁知道今天夜里会遇到些什么。

正这么想着，那大破车的引擎发出几声奇怪的轰隆声，抛锚了。我脑子里闪过八个字——"霉运当头出师不利"。乘客们只好下车，干等司机躺到车子底下去修车。路边刚好有个孤零零的用油毛毡搭的小卖铺，我们钻进去，把各自带的钱凑了凑，买了面包饼干汽水火腿肠之类的。我拧开汽水瓶盖，正想发牢骚，车修好了。

又颠簸了一个小时，大破车喘了口粗气，把我们三个扔在了乡间小道的岔路边，摇摇晃晃地开走了。此时，天已擦黑，我们朝正东方向望去，一条灰扑扑的土路笔直伸向远处，周围的景致似曾相识。没错，这条路就通往传说中的——骷髅坡。

4

"我一路上神经高度紧张，这小子居然没有留下蛛丝马迹。"于丽恨恨地说，"你们说他真到了这儿吗？"

"你以为于洋是狗吗？随时撒尿留标记？"雀斑豆故作轻松说了句笑话，"他这一路真够辛苦的。呃——我是说他真的走到这儿的话。"

"哪怕他不在骷髅坡过夜，能凭两条腿走到这里，我就佩服得五体投地了。"我由衷地说。

　　我们顺着土路走了一百来米，一条黑狗不知从哪里蹿了出来。雀斑豆尖叫一声，躲到我身后，嘟囔道："说到狗，狗真的到了。"那狗满身生疮，有一只眼睛受了伤，凹陷进去，看上去很恶心。见着我们，它开始狂吠，嘴里口水四溅，朝我们奔过来。我本来并不怕狗，但看这架势，也慌了。雀斑豆禁不住哭爹喊娘，扯着我往相反方向跑。那恶狗就在我们身后狂撵。我感觉自己的手臂被雀斑豆拉扯了一下，被抓得生疼，我们只顾向相反方向狂奔。情急之下，我忽然想起爸爸说过"狗怕蹲，狼怕火"，见着恶狗，可以就地蹲下，狗会以为你捡石头打它，就会跑掉。这招不知灵不灵，见那恶狗越来越近，我迅速停住脚步，朝她们两个喊了声"蹲下"，猛然转身下蹲，双手抓起地上的土块，做出攻击状。雀斑豆和于丽也学着我的样子蹲下了。那奔跑中的狗见我们蹲下，来了个急刹车，只是狂吠，却不再往前扑。见这招有效，我们三个便继续蹲着，且行且退，那恶狗也是进两步退一步。它又狂吠了几声，但声势已不如刚才可怕，我趁势把手里的土块向它掷去，正中它的背脊。它一个激灵，急转身，跑掉了。

　　见恶狗跑远，我们还蹲在地上不敢起身。雀斑豆自始至终拽紧我的衣服，身体一个劲地打战。见我回头看她，她忽然涨红了脸，"哇"的一声痛哭起来。她这汪泪水来得突兀而猛烈，她双手抱住自己的脸，大声哭着，还扭动着身子，我和于丽都给惊到了。

　　"不哭了，那混账走掉了。"我拍打着她的背，小声安慰道。我了解

雀斑豆，若不是强忍泪水顾全大局，那恶狗向我们攻击的时候，她早就已经哭得稀里哗啦了。她现在的痛哭，属于迟到的哭泣，那就让哭泣来得更酣畅些吧。

"嘿，真对不起……"于丽非常轻声地对我们说，"让你们陪着……"她显出内疚的样子。

"没事儿，我们陪你一条道走到黑了。"我说，又摇摇还哽咽着的雀斑豆的肩，"是不是，雀斑豆？"

雀斑豆抽了下鼻子，不哭了，站起身说：" 走吧，没事了。"

"什么时候把你这毛病改改，泪包似的，动不动大雨滂沱。"我边走边对雀斑豆说。

雀斑豆点点头，"我也不想这样，尤其不想在杨太君面前哭。可就是控制不住，真丢人。"

"说不定，你现在把眼泪哭光了，长大后就不用哭了。"于丽冒出一句。

我们沉默了。长大会怎样？偶尔，也会想到这个问题。好多念头纷乱飘飞，总也停驻不下来，那么，就让我们在今晚这个难熬的长夜里仔

细想想吧。

　　不知不觉走到一个废弃的铁道口，铁轨已经生锈了，旁边杂草丛生，煤渣里混杂着臭烘烘的动物粪便。耳边飘来轻微的水流声，我们意识到，那条河就在不远处，河上有座简陋的木桥，过桥便是骷髅坡。

　　但是，走到桥边，我们傻眼了。那桥本身十分单薄，也许是经历了涨潮，木头桥面被冲走了一部分，余下的一部分七零八落地横在水面上，从镂空的桥面看得见下面湍急的水流，看那样子，桥身有随时散架的危险。

　　我们站在河边，注视着木桥，谁也没说话。对岸，就是那片传说中的骷髅坡。好大一片坡地上布满坟茔，密密麻麻的坟头上，白色经幡丛林一般迎风招展，在昏暗的天光下，竟有那么几分诡异的壮观。

　　过了一会儿，于丽才开口道："他好像已经进到那里了。"

　　"你说什么？"我看着对面发怔，如梦初醒。

　　"我说于洋已经进到骷髅坡了。"

　　"你怎么知道？"

"你看对面蓝色的什么在漂？"于丽说。

我顺着她手指的方向望过去，见一片白色经幡中，夹杂着一点灰蓝色，仔细看，那灰蓝色好像是一件挂在竹竿上的球衣。"那是于洋的球衣。"于丽很肯定地说。

"那就过去吧。"我咽了口唾沫，鼓起勇气，低头看了看脚下的木桥。雀斑豆在我身边蹲下了身子。

"怎么啦，现在又没有狗。"我捅了雀斑豆一下。

"我感觉蹲着过桥比站着走稳当。"雀斑豆咬紧牙关说。

"好吧，你试试。"我说。

这时，于丽已经跨上了木桥。我让雀斑豆跟在于丽后面，我断后。我们小心翼翼地走在桥上，每跨一步都深思熟虑。于丽走得灵巧而平稳，她好像天生具有走钢丝的平衡能力，如履平地，怪不得体育老是得优。雀斑豆一直蹲伏着，浑身紧绷，四脚并用地保持着身体的平衡。虽然模样有些可笑，但毕竟走得还算稳当。我则专心注视着落脚处，平伸着双手保持身体的平衡。我听见自己急促而有力的心跳声，感觉到耳朵里血脉涌动的热流，紧绷的肌肉微微颤抖，和胆怯作着最大限度的搏斗。很好，已经听不见流水声了，天地间静谧得让人感动。近了，很快就靠近岸边了！于丽一个大步跨上岸，转身抓住了雀斑豆的手。好了！我们过来了！真想让那些平常张扬跋扈的男生看看，如果看到我们三个女生所做的事，他们会作何感想，还会欺负我们笑话我们吗？

一跳上岸，我感觉全身虚脱，背上已经被汗湿透。还没缓过神来，便听见于丽朝不远处连喊几声："站住！站住！"

被她叫住的正是于洋，他赤着上身，正打算从一座坟头上爬起来逃跑。经过一天暴晒，他的皮肤已经成了赤红色，看见我们，他抓过竹竿上的球衣，着急忙慌地往身上套。

"你们怎么来了！"他没好气地甩给我们一句冷冰冰的话。

5

"快跟我们回去！"于丽说。

"不，我发过誓，今晚一定在这里过夜。"于洋说。

"幼稚。"雀斑豆习惯性地绞着手指，从牙齿缝里挤出两个字。

于洋朝她翻了个白眼，一屁股在一堆乱草上坐下，干脆不走了。此时，太阳退到了地平线下面，黑暗无声地降临，我们被笼罩在野草、杂树和坟茔的阴影里。这里没有小镇上寒酸的霓虹灯，没有窗户里透出的暖色灯火，没有令人厌烦的大人的絮叨，当然，也没有杨太君。我和雀斑豆对望了一下，于丽伸手拍了拍于洋的肩，现在，连吵架的劲儿都没了。我们在沉默中达成了默契——坐下来吧，既然谁都回不去了，那就死抱在一起，并肩做个英雄。

饥饿让我们暂时忘却了身处何处。我们席地而坐，吃起了带来的汽水、饼干、面包和火腿肠。在骷髅坡的野餐别有风味，四个人围坐在一起，吹着夹带水汽的热风，嗅着混合着青草香淡淡野花香的空气，在一群蚊蚋的攻击里，我们一边用力驱赶那些讨厌的家伙，一边聊起了一些只有在这个特殊环境里才会聊的话题——我敢打赌，离开了今夜骷髅坡的环境，我们谁也不愿意再提起这些。

"对不起，"于丽首先挑起话题，她当着我们的面向于洋道歉，"我以后再也不欺负你了。"

于洋的眼睛看着别处，避开于丽的眼神，他像是在对于丽说又像是在对自己说："和你没有关系，没有昨晚的事，我也会这么干的。"

我忽然有些理解于洋，他是班上最"娘娘腔"的男生，记得有一次打预防针，他居然疼得眼泪哗哗的。别说于丽，连最娇弱的女生也敢欺负他。当着全班的面痛哭次数最多的是雀斑豆，男生就数于洋。所不同的是，雀斑豆是大声地哭，于洋是无声地哭。我想，他这么说，雀斑豆应该是感同身受吧。

"我得向你学，我也要改变自己，以后再也不做泪包了。"雀斑豆严肃点头，同意于洋的话，"其实我的内心挺勇猛的，不信你们问冰棍。"冰棍是我的绰号。

"是啊，雀斑豆敢在纸上和杨太君厮杀，"我开玩笑道。其实，听着他们的话，我忽然有些伤感。也许每个人都想做另一个自己吧，不管能不能做到。我想做怎样的自己呢？像于丽那样活得自由，不一心只做乖顺的好学生，偶尔说说小谎，偶尔出格、偶尔逃课……

"你呢？你想做怎样的自己，于丽？"我问她。

"真没好好想过，"于丽挠挠自己的板寸头，低声笑笑，"其实，我觉得美珍那样挺好。"美珍是班上最妖娆的女生，每天换衣服，用卷发棒给自己卷刘海，走路喜欢扭动胯部，说话用气声。

"美珍……哈哈，你说美珍……"雀斑豆指着于丽大笑起来。我们都笑了。

这时候，我们暂时忘却了正身处骷髅坡，身后杂草如群魔乱舞，磷火如萤火虫一般在半空里游逸，远处传来若有若无空洞的狗吠……其实，恐惧一刻都没有离开我们，我们彼此倚靠着，从来没有如此亲近过，努力释放着心声，借此打消心中的战栗。

"我保证再也不当着别人的面哭了。"雀斑豆发誓道。"我保证不打你了，于洋。"于丽说。"我保证拿出男孩子该有的样子来。"于洋说。"我保证说服妈妈把奶奶接回来。"我想了想，说。两个月前，奶奶和妈妈闹别扭回了老家，以前，我从来不敢干涉大人的事，但这一直是我的心病。

"其实，所有可怕的事情都是人臆想出来的。"于洋四处张望，轻声说了句。我们知道他现在正在自我安慰，在努力战胜恐惧。

我们挤得更加近了。

"不如睡觉吧。"于丽建议道。是的，睡吧。睡着了，就什么都不知道了。我以为睡不着，意识却不知不觉恍惚起来。朦胧中，感觉到身体被某种力量推搡着，我想醒来，想爬起来，手脚却怎么也动不了，魇住了一般。不容我思考，更重的黑暗压住了我。我看见了奶奶，她抹着眼泪提着行李离开家的样子，我和爸爸去车站送她，奶奶和爸爸一直叹气。车站上有个女人，背影很像妈妈，烫了头，连穿的衬衫妈妈也有。但她不是我妈。奶奶瞥着那个女人，眼神很复杂，复杂得叫我难过。

我时而睡去时而醒来，迷糊中，感觉到手臂被雀斑豆紧拽着。骷髅坡的夜晚一点也不宁静，蟋蟀的鸣唱，不明鸟类凄厉的哀嚎，小虫子爬过皮肤时带过的心脏悸动，雀斑豆梦中急促的呓语……我感觉自己睡在一叶漂浮的小舟上，起起伏伏，漂漂荡荡，随时都可能颠覆。天亮？什么时候才能天亮？只要天亮，一切都会光明起来吧，连同我那杂草丛生的晦涩的心思。

不知道过了多久，我在睡眠的河流里挣扎。天边的第一缕霞光催我睁开眼睛。我想了好一会，才确认自己现在何处，确认自己还完好无损地活着。一只肥胖的麻雀在我视线对面的坟头上一跳一跳，它转动着滴溜溜的眼睛，观察着我们这几个睡得满头乱发横七竖八的半大小孩。空气里含着露水，很淡很淡，白色的水汽在河面上漂浮着，坟头的经幡丛林此刻仿佛静止了，它们背衬着淡紫色的晨光，居然美得让人惊叹。

我还在迷糊中神游，身边的于洋已经兴奋地跳将起来，欣喜若狂地喊道："天亮了！嘿！天亮了！"

于丽和雀斑豆被他喊醒了。她们揉着眼睛坐起来，当意识清醒以后，我们四个人满心欢喜地互望了两秒钟，我们都从对方眼里读到了什么——什么都没有发生，骷髅坡的传说和真实毕竟有很大差距。而我们昨晚彼此间说的话，谁都没忘。

半个小时后，我们已经离开骷髅坡，坐上了回镇上的班车。我们四个人前后挨着坐，表情都显得很庄重，经过这一夜，仿佛都成熟了许多。

我向车窗外望去，不远处经幡招展的骷髅坡看起来一点都不可怕，倒显出几分凄楚的美。我忽然有些后悔，在那里时，没有仔细看看墓碑上的字，那上面的每段碑文都该记述了独一无二的故事和怀念吧。

2012 年 8 月 24 日至 29 日

致 T——

    我们要承认有阳光照不到的地方。但阴影的存在，并不影响春日无所不在的暖意。

    正如坦荡的心灵也会藏有不愿示人的秘密。拥有秘密，有时令人窃喜，有时却带来隐秘的痛楚，也有时，它会转化为激励成长的动因。

    所有的情感中，最重、最牢固的应属亲情——与生俱来，无法改变。它是你的生命密码、遗传基因。可亲情，却又往往是最容易疏离和隔膜的感情——因为含蓄而耻于表达，因为无法分割而肆意嘲讽。学会爱，不仅是孩子的功课，也是大人的功课。可是，一个从小没有学会爱的人，长大了又如何懂得去爱自己的孩子呢？于是，让人无奈的悲哀发生了——

之十一
侧耳倾听

侧耳倾听 / 明天 / 尚且不能听见 / 流入今天的 / 小溪的

欢歌

——谷川俊太郎

六月的第三个星期日即将到来的时候，我提议在教室里布置一面"父爱墙"——贴上班里每个孩子和父亲的合影，配一段亲情文字，这也是一种别致的向父亲祝贺节日的方式吧。

这个提议得到了孩子们的附和。照片和配文陆陆续续交上来，每张合影、每段文字都独具个性，放在一起看，又想流泪又想笑。到了最后的截稿日，班长文君告诉我，唯独史凌没有交，催过她几次，她总是支支吾吾，不明所以。史凌是我的语文课代表，我对文君说，我会亲自问问她。

我翻看了史凌的学生登记卡，父亲一栏含糊地写着她父亲的职业：工程师。几天过去了，我一直没有想好如何开口和史凌谈这件事。在这些十四五岁的孩子身上，除了残存的童年的天性，渐渐开始萌发另一种看不见的力量。有人说，这个年龄的孩子是"可怕"的，因为，他们会

一夜之间在大人眼里变得陌生。和童年时相比，他们变成另一个样子，一看到大人就会沉默、一声不吭，但心里却在慷慨激昂；他们悄悄地对很多东西不屑一顾，并且，会像刺猬一样竖起全身的刺，要么，就如软体动物一般，以柔弱的姿态来武装自己。直觉告诉我，史凌一定有自己的理由，任何一种轻率的询问都会在无意间伤害到她。

星期一的下午，史凌像往常一样来办公室交收齐的周记本。她放下一摞本子，正要离开，我装作忽然想起的样子，随口问道："马上要布置父爱墙了，我刚发现，里面怎么没有你和父亲的合影呢？"

史凌停住脚步。她是背对着我的，听见我的话，慢慢垂下了头。她似乎有些慌乱，磨蹭着，只顾用手拨弄衣角，既没有回答，也没有表现出拒绝的样子。我站起身，走到她身边，问："有什么难处吗？"她不吱声。只是缓缓转过身，眼睛注视着地面，欲言又止。

我拍拍她的肩膀，故作轻松道："没事，不交也没关系的。"一低头，却见她的眼睛渐渐潮红起来，嘴唇蠕动着，像是在花很大的气力和自己做着争斗。

"来吧，坐下来。"我拉过一把椅子。她顺从地坐下来，眼睛依旧不看我。

"是不是……爸爸妈妈离婚了？"我小心地问道。

她摇摇头，把头埋得很低。

"那是……"

过了许久，她才轻声说道："我……没有和爸爸的合影。"

"从来没有照过吗？很多人都没机会合影的，或许……可以补照一张。"我说。

"有过一张……但被我撕了……"史凌咬着嘴唇，挤出一句话，"我也不想补照。"后面一句，她说得很坚决。隐隐感觉到周围的空气无声无息地沉降下来。她终于抬头看我，泪光闪动的眼睛里，混合着我看不真切的表情。

其实，我最喜欢翻看老相册了。史凌说。

尤其是在百无聊赖的时候，我会打开书橱的柜门，从里面取出一本本厚相册，坐在地板上翻看。相册里最多的，是我小时候的照片。我的满月照，周岁照，入学照。在公园的草地上独自哭泣的，骑小自行车的帅气照。被妈妈抱着的，站在外婆膝盖上的，和妈妈并肩坐在公园长椅上的，和外公外婆一起站着合影的……唯独没有和爸爸的合影。没有和爸爸的合影这一点，之前我一直没有意识到，直到上小学四年级的时候，和爸爸第一次单独出行……

那是爸爸单位里组织的一次春游，每个大人都可以带上自己的小孩。爸爸就把我带去了。得知即将和爸爸去春游，我居然一点都不兴奋，平静得让我自己也感到惊讶。我甚至有些不安地想：和爸爸单独出去，会是什么感觉呢？

10 岁以前，我的记忆里很少有爸爸的影子，甚至回忆不起和爸爸有关的美好片断。说是回忆不起，其实是一种逃避，有些场景我记得铭心刻骨，只是不愿意去回想罢了。

也许，在我很小很小的时候，我的爸爸也和别的孩子的爸爸一样，疼爱过我，给我讲过故事。但不知为什么，留在我内心深处却又矛盾着不愿记起的，却是另一种记忆。

那时，我还没有自己的房间，我们 3 个人住一个房间。有天半夜，我被吵醒了。四周灯火通明，我迷迷糊糊地意识到爸爸和妈妈发生了争执，他们先是口角，继而开始大打出手。爸爸一脚跨过床上的我，冲向另一边的妈妈，拽住了妈妈的胳膊。他们扭打起来，我却用被子蒙住了自己的脸。

后来，我有了自己的房间。临睡前，我时常有一种不安全感，习惯屏息在黑暗中捕捉声响，哪怕是隐约飘来的一句口角，都会让我浑身起鸡皮疙瘩。我能听到自己心跳如鼓的声音，嘭嘭，嘭嘭，无助和孤独的感觉几乎令我窒息。要是有个姐姐或者哥哥，多好。

但这并不是最难熬的。

最难熬的是和爸爸的独处。妈妈不在家的时候，我会浑身不自在。并不狭小的空间会被无形中压缩，憋得我透不过气来。我紧张得微微发抖。因为我依稀想起很小很小的时候，有一回，也是妈妈不在家，我坐在床上玩耍，不知怎的，让爸爸不乐意了，他一脚把我踹下床。我哭了，哭得很大声，我的哭声令他更加烦躁。他一把抓起我，像提溜小猫小狗一样，把我夹在胳肢窝里，打开了门。恐惧的预感裹挟了我，我知道，爸爸是嫌我的哭声太吵，要把我夹到地下室去尽兴地暴打一顿。我更加撕心裂肺地痛哭起来，拼尽力气地在他胳肢窝里挣扎。恰巧，楼上的邻居叶奶奶从外面回来，我紧紧抓住叶奶奶的胳膊，哭道："救救我！救救我！"接下来的场景，我记不清晰了，毕竟只有两三岁，所记得的，只是极其强烈的灭顶一般的恐惧感。我不记得叶奶奶是否救下了我，这一切又是怎样收场的。但和那种孤独的绝望感相比，皮肉之痛都不算什么。我忽然发现，疼痛感是不能确切地被回忆起来的，能回忆起来的，只有那种心灵上的感觉。老师，你说这是不是很有意思。

小学一年级，我忘带作业本，着急忙慌地奔回家去取。到了家门口，我陷入了另一种绝望——钥匙忘带了。我知道爸爸在里面午睡。情急之下，只好大声敲门。过了许久，听到里面的响动，门开了，门后站着睡眼惺忪满脸愠色的爸爸。"干什么！为什么不带钥匙！"他大声吼道，因为搅扰了他的好梦，我在他眼里成了一颗讨人嫌的老鼠屎。我被他的斥责声吓得瑟瑟发抖，也是第一次看到一个男人暴怒的样子是很可怕的。可怕的不仅是他的声音，那声音撕裂了午后沉闷的空气，如同一把重锤猛地击打在我的心上，可怕的还有他的样子——他腿上的肌肉因为愤怒而紧绷、震颤，那里的肌肉在积聚着力量，足以把我揍成肉泥的力量。我拿了作业本，落荒

而逃，整个下午，耳边都回响着爸爸的那一声斥责，浑身发冷。

　　现在，你能理解我为什么和爸爸单独出行会感到不安吧？说这些话的时候，史凌的眼泪一直在无声地往下掉。她说着话，内心却闷在一种无处诉说的苦闷里。我在吃惊的同时，心底也涌起一阵阵的歉疚。是我在无意中让她去揭开不愿提及的伤疤，但是，揭开伤疤，却未必能疗治伤口的痛楚。

　　爸爸要带我去春游，虽然有一千个不情愿的理由，我却不能拒绝。我从来没有拒绝过大人，这成了一种习惯。况且，拒绝的理由是无法说出口的。

　　我们乘着旅游巴士到了目的地。看塔、看庙、看湖。爸爸的同事们夸赞我懂事、听话、功课好，爸爸似乎也很受用。可我心里却结着一个小疙瘩。我和那些同行的小孩不一样，他们多半天真烂漫地和自己的爸爸勾肩搭背，坐在爸爸腿上撒娇。我却始终和爸爸肩并肩走，中间隔着不远不近的距离。爸爸从来没有牵过我的手，我也不知道挽着爸爸的手走路是什么感觉。可我羡慕那些在爸爸面前撒娇的女孩，羡慕到讨厌她们，讨厌她们搂爸爸的脖子，讨厌她们的爸爸当众亲吻她们的脸蛋。我别过脸去不看她们。

　　我们走到了一处古老的宅院门口，高大的门楣，雕龙盘凤的影壁。大家轮流站在影壁前合影，爸爸的同事热情地招呼我和爸爸过去。我和爸爸背对影壁站着，中间隔着不远不近的距离，这距离是自然而然保留着的，谁也没有刻意。午后的阳光依然刺眼，炫得我不得不眯缝起眼睛，把脸稍稍偏向一边。还没来得及整理好自己乱糟糟的情绪，"咔嚓"，快门按下了。

不久，爸爸带回了我们的合影。这是我出生以来和爸爸唯一的合影，我拿过照片，看了一眼，马上藏起来了，甚至没有看第二遍的勇气。照片上的我和爸爸都太丑了！我俩的身体各自朝向一边，爸爸皱着眉头，嘴巴撮成一团，似乎正要开口说话。我呢，眼睛微闭着，似笑非笑。两个人脸上都是猥琐、尴尬的表情，好像不是一对父女，而是两个不相干的人，硬把他们扯在一起，被迫地合影了。

我把照片夹在照相簿里，并且回头翻看相册，一边看，一边心里涌起无边的委屈和难过。为什么就没有一张爸爸抱着我的合影呢？我的爸爸像别的爸爸那样爱过自己的孩子吗？偏偏，终于有了一张合影，却是这么丑陋！我把相册扔在一边，努力把这种情绪从内心驱逐出去，时间一长，似乎真的忘记了。直到这次，听说要布置父爱墙，我心中一紧。回到家，重新去翻找那本照相簿，却怎么也找不到那张合影了。我想了很久，才回忆起，在初一那年的暑假，某个憋屈倒霉的日子里，我在翻看照相簿时，把那张看不顺眼的合影顺手撕了。我想撕去的是照片上自己和爸爸难看的形象，却没有想到，这是迄今为止我和爸爸唯一的合影。

老师，我没有办法交出你布置的作业。我真的很丢脸。说到这里，史凌的声音越发地低下去，"这些想法我没有对任何人说过，包括我妈……"她哽咽着说。

我的心里五味杂陈。面前的这个女孩对我说出了不愿示人的隐秘，竟让我有一些些慌张。我没见过史凌的父亲，来开家长会的一直是她的母亲。她的母亲随和、健谈、朴素，总是面带微笑，是有教养的知识女性。如果不是史凌的讲述，怎么会想到她母亲的婚姻其实也是差强人意的呢？又怎么会想到，这样一个外表柔弱的女孩子内心却涌动着那么多的泪水？

我沉默了。

"我会试着帮你，"我最后对史凌说，"如果你相信我。"但此刻，我头脑里一点主意都没有，说出这句话，全然来自我做教师的本能。

女孩抬起头，第一次正视我的脸，她翕动着嘴唇，想说出"谢谢"两个字，但最终什么也没有说。

"'父爱墙'取消了，"我说，"换一种形式，能不能给你父亲写一封信，说出你藏在心里的话？"

史凌吃惊地望着我，用力眨了眨眼睛。她犹豫了一会儿，点点头。

听说要取消"父爱墙"的布置，文君很意外。"老师，为什么呀？"她追着我问。

"最近有校容检查，墙上布置这么多照片，未免显得凌乱。我们不拖后腿了。"我找了个借口。

"那……父亲节活动怎么办？"文君问。

"要求每个人给父亲写封信吧。感恩父爱，只要目的达到了就行，况且，写信还能说出嘴上无法表达的心里话呢。"我说。

当我在班上宣布这个决定时，底下一阵唏嘘。孩子们在悄悄地抱怨，快要期终考试了，偏偏要多出这么一项不是作业的作业。

我当作听不见，笑笑说："给父亲写信，可比写作业有意义得多。不信，将来见分晓。"

话音刚落，就有人稀稀拉拉地鼓起掌来。带头的是坐在后排的高个子男生韦荣生。我想，他鼓掌，未必完全领会我的意思。他是为"比写作业有意义得多"那句话鼓的掌。

隔了两天，在班会课上，文君给每个人发了一个特制的信封，每个信封上都贴有一枚"父亲节"粘纸。大家写好信封，把信笺塞进去，再由文君统一投送到校门口的邮筒里。

在整个过程里，我一直留意着史凌的表情。她始终是若无其事的样子。我看着她开信封，看着她把信笺折叠好，塞进信封，用胶水封口。我用眼睛捕捉她的目光，但她似乎有意无意地躲避着我。

放学了，史凌急匆匆地收拾书包，从课桌后站起身来。经过讲台的时候，我叫住她，轻声问道："信写好了吗？"她低下头，没有吱声。

"是不是把你的心里话都说出来了，告诉爸爸，你渴望他的爱？"我追问道。

史凌苦笑了一下，她的表情居然给了我一丝丝的寒意。那是超出她年龄的疲惫感，夹带着善解人意的歉疚感。

"老师，"她停顿了一下，鼓足勇气说，"我一个字也没有写。"

我倒吸一口冷气："这么说，你塞进信封的是一张白纸？"

她点点头："只是一张画片。我一个字也写不出来。对不起，老师。"

我心头一紧，视线从史凌脸上移开，越过她的肩膀，在她的身后扫

视。教室里还有些孩子在磨蹭着，他们有的相互低语，有的满腹心事地望着黑板发呆，有的正好奇地观察着我和史凌的一举一动，有的将身子探出窗外张望着什么……

蓦地，我的脑海里闪过一个荒唐的念头：那些塞进信封的信笺，有多少像史凌寄出的那样是空白的呢？除了史凌，还有多少孩子的心和父母之间相隔着望不到边的鸿沟？甚至，连开口说话的欲望也放弃了……

我突然有些憎恶自己的年轻和轻率。

我自得地以为取消了"父爱墙"就能呵护史凌的自尊；以为让史凌写一封信，就能弥合他们父女之间情感的裂缝；以为在孩子幼年期就深深埋下、融入血脉的阴影，能轻易地像灰尘一样被拂扫干净；以为……

此刻，在女孩面前，我这个做老师的感到了深深的挫败感和无助感。史凌善意地冲我微笑了一下，缓缓背过身去，走出了教室。她的背影看上去单薄瘦弱，马尾辫忧伤地微微垂下。我站在原地，感觉眼睛那里一阵阵发热、发酸。

　　这是我初为人师时的一段经历。

　　那个夏天过后，我便不再执教史凌所在的班级，而是接手刚刚升入中学的一群孩子。偶尔，会在校园里遇见史凌。她见了我，总是表现出非常友好的样子。我知道，这个女孩从心底里亲近我。或许，只有我，分享了她内心的隐秘，而这个隐秘，连她自己的母亲都未必知晓。可是，我却无能为力，无法切实地帮她。我设想过种种可能，去见见史凌的父亲，和他谈一谈。又或者，我可以婉转地告诉史凌的妈妈，她的女儿内心埋藏着怎样的苦痛。可是，我的话必然会触痛史凌的妈妈，因为母女俩的痛来自同一个源头，我不忍去触碰另一个成年人心头的伤疤。

　　那时年轻的我还没有明白：那些不懂得爱子女的父母，不是因为他们不想爱，而是很可能他们在小时候就不曾得到过爱，没有榜样供他们学习怎样来爱孩子。我还想明白了：没有一个人走得出自己的童年，没有什么力量大到足以改变根深蒂固的童年影响；并且，没有谁可以完美地没有遗憾地活着……

　　当我意识到这些，我竟微微释然了。我为自己的无能找到了开脱的理由。

转眼，很多年过去了。我一直没有离开那所中学。我有时会想起史凌，那个女孩初中毕业后，我便再也没有见过她。这一年春天，学校建校五十周年大庆，校友们从四面八方回到学校。我被曾经的学生们围住了。好不容易有了单独的时间，我去了一趟洗手间。正洗着手，听到身后有人叫我。回头，看见了一张年轻女子的脸庞，她的鬓发整齐地往后梳，露出小巧而秀气的前额。她看着我，从她亲切的眼神里，我马上认出了她：史凌！和少女时相比，她的长相相差不大。变化的是她的气质，少女时的她胆怯、忧郁，而今却增添了几分欢快和干练。我隐约感觉，这欢快是她希望我看到的。

我们寒暄，她告诉我她读完了心理学博士，目前事业发展得很好。为她高兴之余，我随口问她："结婚了吗？"

史凌摇摇头，语调依然是欢快的："没有。老师，我要结婚很难的。"但是，欢快的语调并不能掩饰一闪而过的落寞的眼神。

我安慰地笑笑："顺其自然。不急的。"

她点点头，向我露出心照不宣的笑意："老师，也许只有你能理解我的选择……"

我们没有把话题继续下去。又一拨学生跑过来包围了我。我把史凌介绍给他们，他们很快聊到了一起。史凌始终面带微笑，比其他任何一个都显得轻松自然。

我在旁边默默地望着她，回想起若干年前，少女时的她向我倾吐心声的一幕，还有我对她无力的帮助。每个人都要独自成长，独自承担。旁人所能做的，只是侧耳倾听。倾听欢歌，倾听烦忧，然后记住，欢笑背后，往往悄悄掩藏着一朵结成花儿形状的伤疤。

2012 年 9 月 8 日至 9 日

致 T

这是最后一个故事了。

用她来作为"青春告白书"的结尾，有些隐隐的不忍。

你一路地走，一路地看风景。你要知道，风景并不都是美的，而让风景变得丑陋的，却往往是我们自己。

生活已经在你面前掀开一页又一页新的篇章，它已不再神秘。而我们却从未停止期待和梦想。你见过大海吗？海的表面上有微风、旋风、潮汛、风暴，可在深处、最深处，海水始终是平静的。

我们没有时间孤独，我们没有机会放弃，我们只有欢乐的时间。

因为——

之十二
世界美如斯

世界另一端

我已经死了。

当脚尖离开阳台的一刹那，我就已经后悔了。可是，我的身体却化作一枚羽毛，乘风而飞。这并不是沉重的坠落，而是飞翔。但我终究不是飞鸟，我要去投向大地的怀抱。

碧桃、黄杨、紫薇、香椿，夕阳的金黄在大片的绿荫上闪耀，它们微笑着迎向我，那浓得化不开的绿在我眼前招摇。还有底楼围墙上的黑色"长矛"，正向我发出狰狞的警告。

我挣扎。

我坠落。

即便此时心中有万千个悔，我依然无法掌控自己的身体，无法让自己回到那个温暖的窗口。

假如真的有天使，她会看见我的身体在空中划出一道优美的向右偏

离的弧线，仿佛闪电在夜空里打出的惊叹号。我的衣服轻轻擦过一棵小小的香椿树冠，树枝噼噼啪啪断裂，我听见那棵树低低的呻吟。

我静静地仰卧在树下，一只脚挂在树杈上，脸上却带着似有似无的笑。我在瞬间跌入无边的黑暗，浓得化不开的黑像蛇一样将我紧紧缠绕。

我的周围响起了惊叫、纷沓的脚步声、绝望的唏嘘与哭嚎。

我的骨头碎了，脑袋浸在鲜血和脑浆里。我试图从饱受痛苦的身体里挣扎出来，再看一眼抱着我哭嚎的爸爸，再跟他开个无伤大雅的玩笑，可是无济于事。爸爸脱下白衬衣，疯狂擦拭我沾满血水的脑袋，他抽打我的脸，像一个疯子。他的样子变得我完全不认得了。爸爸，对不起，哦，还有妈妈。

爸、妈：对不起，我不孝。请你们好好活，忘记我。

我留给爸妈的遗书只有这两句话。我最爱你们，在我离开这个世界的时候，留给你们的话却最吝啬。我不知道该说什么，不知道该说什么来回报你们养育我十三年的爱。我憎恶语言，语言可以是蜜，也可以是杀人的利器。就在我坠落的一个小时前，我已经被语言的匕首戳得遍体鳞伤。那一刻我心上的痛远远超过肉体所受的折磨，整个世界都挤压在我心上的某个点，让我无处可逃。

　　但我只能选择用语言来向这个世界告别，向爱我和不爱我的人做个交代。

　　致同学们：

　　　　我做了很多错事，伤害了你们。在这里，向你们说对不起。

　　　　谢谢你们陪我度过两年，即便死了，我也不会忘记的。

　　　　希望你们能比我快乐。

　　　　原来想了很多很多要说的，提笔，却全部忘记了。

　　　　那么，再见。

　　　　　　　　　　　　　　　　　　　　　　同学沈若雯

　　致方老师：

　　　　只是一念之差，我就这样决定了。

　　　　再过 7 天，也就是 6 月 20 日，是我 13 岁生日。

　　　　我多希望可以快乐地过一辈子。

　　　　其实我是活该，我是自己见过的，最肮脏的人。我若留下来，是对同学们的污染，我明白。

我做了很多不该做的事。早就想死了，这样，也挺好。

我只是希望，可以用生命的代价来弥补我曾犯下的错，不论别人是否原谅，我都不会原谅自己。

我真的很脏，很坏。

没有太多想说的了。

谢谢你。

学生沈若雯

这就是所谓的"遗书"。我生命最后时刻的急就章。它们或许会像我的作文一样在课堂上或者其他我意想不到的场合被朗读，而朗读者又将用怎样的语调来念这些句子？

对于这个世界，每个人都是匆匆的过客，仿佛流星划过天际。我留下的轨迹虽然短促，但我存在的每个日子都是明亮的。我在明亮的时间里像飞鸟一样滑翔。现在，我坠入黑暗。尽管，我是多么不舍！

人们都说我过得很快乐。我是家人和同学们的开心果。我总是面带微笑、充满阳光。在班上，我大概是最不受父母管束的一个。爸妈民主开明，从不限定我玩电脑、看 NBA 球赛转播的自由。他们都是研究生毕业，20 年前离开家乡来到这座大都市求学打拼，他们懂得这个年龄的我需要什么。刚上初一，爸妈和我约法三章："信任、向上、不偷看"，这三条，我最中意"不偷看"，无论是日记、QQ 空间还是手机短信，我都不用担心被偷窥。可是，我并没有向千秋描述我对爸妈的不满。我习惯把笑容给别人，把眼泪吞进肚子里。

千秋说："我真想和你交换爸妈！"千秋是我最好的朋友，不，只能说曾经是我最好的朋友。眼下，假如她知道我已远离这个世界，会不会后悔和我曾在校门口声嘶力竭地争吵，会不会还想和我交换爸妈？

这个世界会否因为我的离开有所不同？会否让讨厌我的人真正释然？在最后一节课短暂却带有毁灭性的痛楚中，我知道自己终将走上这条不归路。从十楼跃下的那一瞬，我后悔了，可我又感受到某种轻松。这是一条通往天堂的路吧，我在飞翔中看见自己的梦碎裂成万千飘舞的金箔，它们迷蒙了我的眼，渐渐融入傍晚的血色夕阳。

千万个问

雯儿，你为什么要这样做？！

是什么让你如此决绝地走上不归路？

你把一个难解的谜抛给了最爱你的爸爸妈妈，你知道自己有多残忍？

爸爸永远记得那个早晨，到死都不会忘记。像往常一样，我开车载你去上学。我们沿着绿阴葱茏的街道，一路向西。你在我身边有说有笑。

"疙瘩解开了吗？"我问你。

"Nothing is problem!"你的音调又轻快得像只小鸟了。

关于那个疙瘩，我们心照不宣。这些日子，你曾愁眉不展，因为你珍视的友谊遭到了背叛。

爸爸是一个大人。在大人眼里，对小孩子来说，没有什么坎是大不了的。我们习惯用轻描淡写来化解你的烦恼。而你，一个生性乐天的女孩，我们不相信，你会被一点小烦恼缚住手脚。

前一天晚上，你房间里的灯久久不熄，你面对着作业本发呆。妈妈问你出了什么事，你只是摇头。

经不住妈妈和我的轮番追问，你才道出原委：原来你与最好的朋友千秋的友谊发生了危机。千秋泄露了你的秘密。你们曾经约定除了彼此，谁都不告诉。千秋不但传播了秘密，在你找她对质后，她却在给别人发的短信里侮辱了你。你不肯说千秋骂了你什么，你只是一脸困惑，反复问道："好朋友怎么可以这样？"

我们没有问，千秋泄露了你的什么秘密。我们以为这是对你的尊重。可是，我们真该问一问。我们小看了大人眼里的小伤害对未经世事的你，却可能是过不去的鸿沟。我们只专注于解决你眼前的问题。

是啊，在你眼里，所有人都应该像你一样，单纯、透明、热情、赤诚，你的世界是纯色的，没有阴霾、虚假和躲闪的敷衍。

妈妈告诉你，世界有多种颜色，朋友也是一样，有各种类型，长大的过程中会认识不同类型的朋友，你也会渐渐明白用什么样的方式去与他们相处。

你是一个早慧的孩子。你爱读书，小小年纪，已经熟读了曹雪芹、杜拉斯、村上春树和茨威格，可你未必能感同身受那些文学里的世界。

你无法明白，一个人的长大不仅依赖书本，更需要去经历，需要付出泪水的代价。

你和我们的交流平等真诚。熄灯前，你长长吁出一口气：我要好好学习！这一声轻微的叹息让我和你妈妈松了口气。一场友情危机似乎是过去了。

现在，太阳照常升起。你又在我身旁嬉笑了。

学校到了。你跳下车，问我："老爸，你的胃不疼了吗？"这些日子，我的老胃病又犯了，你总是体贴地嘘寒问暖。

"不疼了。"我说。

你灿烂一笑："再见！"便背着书包奔进了校门。

这一天，爸爸一直都想着你。

送完你，我去中医院配了胃药，又急匆匆赶回家。中午前，工人来家里安装新买的液晶彩电，这是你盼望已久的电视机。我心想，晚上就能和我的雯儿一起看新电视了。亲爱的雯儿，你是我和你妈妈的全部，自从你来到这个世界，彻底改变了我们的生活。无论遭遇什么，只要想到你，我们心里都会甜。

下午，我又去菜场买了你最爱吃的基围虾和芦蒿。五点，你回家时，我已经在厨房里准备晚饭了。

这个傍晚和平常没什么两样。不，是我太粗心，我没有察觉到进门的你心里已经掀起了惊涛骇浪，不，可能在那时你已经心如死灰。

我背对着你说："雯儿，电脑关不上了，你去看看有什么问题。"

从房间里传来你的声音："有病毒，打个补丁就行了。"

过了一会，你又说："今天作业多，我去做作业了。"

我打趣道："那好，早点做作业，早点吃饭，早点看电视。"

我听见你把门合上的声音。

这以后的短短几分钟，现在想来却是万分漫长。那段时间已经化作了滔滔洪水，将你与我们相隔，你把自己囚在了对岸，在你身后，是渺茫的虚空和绝望。

我把炒好的芦蒿端上桌，电话铃响了。是你的同桌小雪打来的，她问："沈若雯在家吗？"

我说："在。"又随口问了一句，"你有什么事吗？"

话音未落，小雪就把电话挂了。

我心里一惊，忙叫道："雯儿，小雪的电话你怎么不接？"

没有回答。

你的房门开着，台灯却暗着。我以为你在卧室里看电视，可是那里也没有人。转身出来时，我一眼看到阳台上有一把椅子，心里再次一惊，奔到阳台伸头一看，你已经跳下去了……

我疯了一样大叫，狂奔下楼，掏出手机拨打110。奔到楼下，看到你已被保安托着放在花坛边的小路上。我紧紧地抱住你大叫。雯儿啊，你挺过来啊，你挺过来。可是你再也不理睬我了。我口对口徒劳地给你做人工呼吸。这时110来了，一番抢救后，医生摇摇头。我脱下白衬衣擦拭你脸上的鲜血，邻居递过来一块湿纱巾说：用这个擦擦吧。

我一边擦一边端详你，你躺在我怀里，像睡着了一样，乖乖的。

可是，我的雯儿，这究竟是为什么？！

是什么让你放弃了挚爱的爸妈，放弃了宝贵的生命，放弃了整个世界？

我千万次追问。

风呼呼地吹，却没有答案。

我是千秋

我是千秋。曾经是沈若雯最好的朋友。

这些天，我每晚都会梦见沈若雯。她穿白衣，扇动着翅膀从我窗前飞过。她的脸上带着笑，我甚至听到她的笑声，那笑声叮叮咚咚撒在房间的角落里。然后我就惊醒了，睁眼到天亮。从学校回来，我就躺在床上，也不想吃饭。妈妈说我像变了一个人，她担心我。

我在寂静中与沈若雯对话：离开我们的日子，你还习惯吗？我特别不习惯，你知道我有多想你吗？你知道我有多后悔？你肯定不知道。我特别恨我自己，为什么没有多看你两眼；我特别恨我自己，为什么没有多听听你的声音；我特别恨我自己，为什么要和你争吵，说了那么多不该说的话。可是，容不得我后悔，一切都来不及了。校园的水杉树下再也不会有我俩秘密的耳语，再也不会有校门口那场让我追悔莫及的争吵。

那天在校门口，我说了什么，沈若雯又说了什么？

我们仿佛被上帝昏乱的指头点到，成了彼此眼中的陌生人。

"你为什么要背叛我？"她的眼睛红红的，质问我，"为什么要把我的秘密说出去？"

她的样子好吓人。我的心里堵得慌，脱口而出："那是你自作自受！"

两个月前，沈若雯给我看了她的日记。有一篇是写给初三的 W 的，原谅我，我只能用 W 来代替那个人的名字。直到沈若雯离开这个世界，W 或许都还蒙在鼓里。他永远都不会知道沈若雯为他写过如此美丽的文字。她在日记里写：他比同龄的男孩成熟得多。她喜欢看他默默地背着书包穿过水杉树林的背影；看他站在宣传橱窗前，脸上带着沉思的表情……她在远处偷看，期待他回头，给她捎来意味深长的一瞥……

日记的风格和平常活泼的她判若两人。沈若雯说，W 永远都不会知道她的心事。

她让我发誓决不说出去。我答应了。

可是，事情的发展难以预料。不久之后，便发生了"手机事件"。

那个星期三的中午，沈若雯的同桌小雪突然向班主任方老师报告，说她的手机不见了。

最近班上出了不少事，期中考试我们班的总分落到了年级最末，两个男生在校园里打架给校长撞见了，上课纪律也有些混乱，任课老师告状不断。进入了初夏，大家心里仿佛有什么蛰伏的东西苏醒了，有一点动荡，也有一点不安。面对一连串的麻烦，方老师焦头烂额。我们几乎每天都要被她训话。方老师教语文，性格特别爽利，说话像炒豆子，直来直去。说实话，我们都怕她。她说话的音调很高，很有穿透力，据别班的同学说，她训我们的声音穿墙而过，在操场上都能听见。

偏偏在这个节骨眼上，小雪的手机又不见了。

方老师的脸色像是挂了霜，她关上教室的前后门，说："谁都不准出去。"

答案很快水落石出。

方老师让同桌互相翻检书包和衣服口袋，大家只好象征性地做了。谁都没有想到，居然在沈若雯的书包里找出了小雪的手机。连小雪自己也愣住了。

沈若雯满脸通红地站起来，嗫嚅道："我只是想借她的手机发短信。"沈若雯是学习委员，在她身上发生这样的事当然令人感到意外。

是的，她真倒霉，她只是偷偷拿了小雪的手机发短信。还没来得及还回去，小雪就向方老师报告了。而方老师呢，马上心急火燎轻而易举地破了"案"。

可是，沈若雯为什么要偷拿小雪的手机发短信？她自己的手机呢？

据沈若雯解释说是因为期中考试没有考好，被她妈妈没收了。

她又是给谁发短信呢？是谁值得她不惜冒险偷拿别人的手机来联络？

小雪的手机上显示了收信人号码，还有匆忙间发出的一条不完整的短信，大意是讨论上午的 NBA 球赛的比分，并没有特别的内容。

可当天放学前，方老师就把沈若雯的爸爸妈妈请来了学校。据说，

当时沈若雯在办公室里哭得很伤心，因为她的妈妈说她触及了道德底线。"做人要有底线！"在场的小雪学沈若雯妈妈的话给我听，我们都觉得那句话很严重。

那以后的一段日子，沈若雯都很沮丧，她把 QQ 空间的底色也换成了黑灰色，每天在上面写一些颓废的文字。我们之间的交往也有了些微妙的变化，有时放学，她不等我就径直回家了。可以前，我们哪一次不是肩并肩走出校门的？我很纳闷。

后来，小雪几次三番问我，沈若雯究竟发短信给谁。我经不住问，忍不住说出了心里的猜测，也许是初三的一个男生，我说。说出这句话，我心里竟有一丝隐约的快意，也是发泄这些天对沈若雯疏远我的不满。但我发誓，我没有说更多，更没有说出 W 的名字。

不知怎的，我的话传到了沈若雯的耳朵里。她愤怒地找到我质问，于是就有了校门口的争吵……如果没有这场争吵，就不会有那可怕的"最后一课"……

现在，我后悔极了。雯雯，平常我都是这么叫你。我有好多话想对你说，却不知道从何说起。我拼命回想你的样子，恨不得用刀，一笔一画将你印刻在我心里，一辈子不忘。假如有来生，我还会做你的好朋友。一定要记住，以后在那个世界，只准快乐，不准伤心。

最后一课

我是小雪。

我一直在伤心地回忆有关她的一切。我身边的座位空着，仿佛在提醒我，以后再也见不到她了，见不到她露出两颗小虎牙，放肆地冲我笑；也听不到她说话的声音，她像一个热烈的小太阳，走到哪里都有生气。现在，她却永远地沉默了。

放学后的校门口像往常一样热闹和甜蜜。铁板上的鱿鱼串吱吱地冒着烟，卖凉粉的阿姨正往刨成丝的凉粉上撒黄瓜丝和榨菜末，商店里的小东西琳琅满目地挤到街边来了，还有老婆婆晒太阳的长条板凳整齐地排着队……所有这些，她都看不到闻不到了。

妈妈买回来两斤蚕豆，我帮着剥豆。剥完豆，我挑了最大的两颗，心里面想着她，在上面用小刀分别刻上"幸福"和"开心"。我把它们埋在了泥土里，来年它们会发芽吗？希望天堂里的她不寂寞。

那个关键时刻，是我给沈若雯家里打了电话。是方老师让我打的。因为我告诉方老师，放学后，沈若雯神色低落地对我说："可能明天，你们再也见不到我了。"她的眼睛肿得像核桃。

我被她的话吓了一跳。走出校门后还是反身折了回去。听了我的话，方老师怔了一会儿。我无法描述她的表情，她的胸口好像被什么东西猛击了一下，脸色倏地煞白。从沈若雯离开学校，到我给她家里打电话，不过半个小时。

几乎是同时，方老师的手机响了。她听着电话，电话可能是沈若雯爸爸打来的。方老师的手不由自主地颤抖，身体向后倒去，虚脱地靠在一面墙上。她什么也没说，跌跌撞撞地向门外走去。

我后来才知道，方老师是准备去沈若雯的家，但她最终没有走到。她没走几步，便再也迈不动步子了，瘫软在学校附近。

沈若雯死了。是跳楼死的。就在她对我说了那句话的半个小时后。

不断地有人来问我同一个问题，沈若雯在最后一课上发生了什么？

那节课上发生了什么？班上的所有人都经历了。但我们都低着头，没有人敢抬头看。

这本来是节自修课。在平常，我们都是各写各的作业，方老师则坐在讲台前批改作业，也会即兴叫人上去沟通习题。这样的课一般比较闲散安静，但那天气氛却很不一样。

方老师走进教室时脸色就很难看，她神色严肃地评点了当天我们的表现，并没有让我们马上自修，而是说："今天，我们还有些事情需要处理。"

我感觉到同桌沈若雯的异样，她始终沉默着，低头用手指绞着自己的衬衫前襟，那里已经被她揉得皱巴巴的。

她低低地说了声："那就处理吧。"我才意识到方老师说的事情和沈若雯有关。

果然，方老师接下来的话就直指沈若雯。

"昨天，沈若雯和千秋在校门口吵架吵得很厉害，对我们班造成了不良影响。"方老师尖脆的声音撞击着墙壁。

沈若雯沉默。

"我今天上午找她们两个人都谈了，千秋认识到自己的错，但沈若雯的态度并不好。"方老师说。

然后，方老师点了千秋的名字，让她走到讲台旁边来，打开班上的公用电脑。所有人都如临大敌，明白一场暴风骤雨即将来临。

方老师要千秋打开的是沈若雯的 QQ 空间，她的空间密码几个好朋友都知道。但是，教室里的网络不好，空间无法打开。于是方老师说，去办公室吧。

千秋跟着方老师去了她的办公室，前后大约十来分钟。我心里纳闷，为什么沈若雯的空间非得千秋来打开。

这十来分钟，坐在我身边的沈若雯始终低头沉默。我问她究竟是怎么回事，她像没听见一样，干脆趴在桌上闭上了眼睛。

十分钟后，方老师和千秋回到了教室。方老师脸色涨得通红，手里挥舞着一张 A4 打印纸，我们都猜到，那一定是 QQ 空间里的文字。

千秋尴尬地站在讲台的左边，像是罚站。

沈若雯仍旧没有抬头。

方老师盯着沈若雯看，一字一句地说："沈若雯，你上来。"

沈若雯抬起头，从座位上站起来，慢慢地走了上去，站在了讲台的右边。

我替她捏了一把汗。尽管并不知道发生了什么，但凭着对方老师的了解，我有不祥的预感。

方老师看了一眼手上的 A4 纸，说："你能不能告诉我在 QQ 空间上对千秋说了些什么？"

沈若雯没有回答。

方老师继续说："什么叫'我对你够好了，没有让你缺胳膊断腿儿。'"

沈若雯仿佛是随口回答："只是恐吓她而已。"

方老师说："你应该知道恐吓的分量和含义，如果你是成年人的话，恐吓就成为犯罪了。其实每个人出生时都是好人，都没有问题。但是为什么现在会有监狱？监狱就是为你这样的人准备的。"

沈若雯不吱声，眼睛红了。

方老师又说："你这样和同学闹矛盾，是不是不想在这个班，在这个学校待了？"

沈若雯摇了摇头，还是没有吱声。

"你是中队委员，你很聪明，在学习上确实没有大问题，而且你的爸爸妈妈还是很关心你的，就像他们跟我提到过的，如果你学习没问题，就把手机还给你。他们现在不是遵守了他们的承诺吗？

这时沈若雯抽泣起来："我是有手机了，那又怎么样，他们也就只关心我的学习成绩，一天到晚就是叫我做练习，其他什么都不管，我也懒得跟他们多说。"

方老师提高了嗓音："这个问题我会帮助你和你爸爸妈妈沟通的。你先反省自己，你是很会写，却把长处用在恐吓别人身上，用在说朋友坏话，诋毁别人身上。让大家看看你都写了什么！"

她把 A4 纸扔到沈若雯脸上："你这样做真的很坏、很脏，你在这个班上，会污染其他人……"

沈若雯蹲下来，抱住自己的身体，无声地哭。

方老师却没有停止："沈若雯，你不要挑战我的极限，也不要考验我的耐心，更不要用死来吓唬我！"

后来，我才知道，这些话是和沈若雯的 QQ 空间一一对应的。她的空间里写过类似的句子："如果方老师再这样对我，我就流浪到你家混混，不行的话，我就跳楼。你到我的房间把东西收拾好，我到阴间好享用……"

但在当时，大家只敢眼观鼻、鼻观心，佯装埋头写作业。方老师的声音一下一下挠在我心上，就像小猫抓，让我时不时打冷战。

沈若雯一言不发，哭个不停。

方老师的训斥持续了将近半个小时，好不容易捱到下课铃响，大家心里都松了一口气。沈若雯哽咽着回到我身边，我不敢看她，也不敢和她说话。

准备离开时，她幽幽地对我说了一句："可能明天，你们再也见不到我了。"

无数陌生人

对于整桩事件，我是一个陌生人。

无数的陌生人置身于事件之外，但又不得不身处其中，去追问，去探究。

那个七月的深夜，已经有了酷暑的溽热与潮湿。我正准备入睡，手机突然响了一下，是一条短信。发信人是一位我久未联系的老友，姓沈。他就是沈若雯的爸爸。短信说，请你看看某月某日的某报报道，落款是自杀女孩的父亲。

于是，我才知道了沈若雯。知道了一个月前，一个 13 岁女孩生命里的黑夜和她父母撕心裂肺的绝望。

这个女孩在死后并没有得到平静，围绕着她的死，是一连串的调查、问责和无休止地追查。她的葬礼拖到死后一个月才举行。

我去了沈若雯的葬礼。

那天天气酷热，沈若雯的妈妈穿了件黑皱纱、黑花边的裙子，四十出头的年纪，头发在一个月里花白了，她的爸爸浓密的头发也剃光了，乍一见，几乎认不出来。女儿走后的日子，夫妻两人的世界陡然换了人间。

念完悼词后，沈若雯的爸爸妈妈将一枝鲜红色的康乃馨轻轻放在水晶棺木上。开了冷气的吊唁厅里站满了人，多半是大人，偶见几个面色苍白泪流满面的孩子，他们一定是沈若雯的同学。但我没有看见沈若雯的班主任方老师。

敞开的门外，不断有热气涌进来。

夏天最厉害的暑热来临了。

葬礼是平静的，没有仇恨，也没有哭天抢地的场面。半个小时后，我们默默地离开，眼前的大理石广场被太阳晒得明晃晃的，仿佛雪霁后的原野，凄白而苍凉。

我想起我自己。

大约 6 岁那年的某天，我做错事，被母亲痛骂了一番。母亲说了什么，我现在全然不记得了。但还清晰记得当时的心情，我憎恶自己，觉得自己很脏很坏（恰如沈若雯生前得到的评价），有那么一刻，我感受到了灰暗的绝望。我悄悄地离开了房间，来到厨房，从抽屉里摸出一把水果刀。我试着用水果刀的尖端去刺自己的胸口，"我不想活了。"心里涌出这个念头的同时，眼泪刷刷地下来了。

6 岁的小孩子，并不懂得生死之艰难，却也懂得永远的了断是种解脱和对自己的惩罚。水果刀并没有刺进去，因为穿的衣服太厚，也因为毕竟还没有彻底绝望，依然留恋生之美好。

这个世界上，有什么可以让我们彻底断念呢？

我又想起高中时的一个男生。高二那年，男孩罹患胰腺癌。他的生命犹如蜡烛最后的火苗，孱弱飘摇。病床上，他全然变了模样，干瘪蜡黄，犹如一片奄奄一息的枯叶埋在雪白的被单里。在这枯槁的外表下，却勃动着一颗十七岁少年渴求生命鲜活的心！

从男孩的葬礼出来，眼看焚尸炉的烟囱飘出清白的烟，那烟很快和天上的云丝融和在一起。当年 17 岁的我心里除了巨大的悲伤，还充满了巨大的不相信和不可思议。

生命，它是多么多么的重；可它，又是多么多么的轻。

沈若雯在照片上灿烂地笑着，她微眯着眼睛，眼神清澈地看着她离开后的世界，却把一连串问号抛给活着的人，也把永无止境的伤痛留给挚爱她的亲人。

我相信，这个 13 岁女孩的内心一定有着太多不为人知的曲折与奥秘，她走向绝望的路看似只有一个小时，实则漫长而辛苦。

又有谁曾经悉心而体贴地探索过她那段长长的路？

每个人都曾经历过成长。

我只愿，每个大人都不要忘记自己年少时曾有的懵懂、彷徨、困惑和不可理喻；每个成长中的孩子，都要相信自己的美好与清白。

这个世界美妙与丑恶并存，长大的过程，走的何尝不是一条披荆斩棘的道路？又怎能甘心走了一半就先输给自己？

沈若雯去了天堂，但是，世界美好如旧。

阳光会覆盖所有的阴影。

让欢乐伴随着美好的音符都来吧！尽情地拥抱它们，当你年少时。

2010 年 2 月 4 日至 13 日初稿，20 日改定

T 是谁

他（她）是——

Teenager
每一个成长中的少年
每一个男孩和女孩
这是特别献给你的
青春告白书